新潮文庫

よなかの散歩

角田光代著

新潮社版

9917

目次

よなかの散歩

本文写真　角田光代

食（一）

運命の出会いというものは、たしかにあると思う

突然出会う

運命の出会いというものは、たしかにあると思う。恋愛においてだけではない。友だちや仕事相手でも、そういう出会いはある。

今、親しくしている人や長く仕事をしている人との出会いの瞬間を、私はかなりはっきり覚えている。何歳のとき、どこで、どんなふうに出会ったか。そのとき話したことはきれいさっぱり忘れていても、その場所の空間的印象と、それから、その人に抱いた印象というものも、わりと正確に覚えている。その後、関係が長く続くから覚えているのか、あるいは、その出会いの印象の深さが、イコール運命の瞬間なのかは、ちょっと判断がつかないけれど。

そして運命の出会いというのは、十歳のときにもあるし、二十五歳にも四十歳にも、きっと六十歳になってすら、あるんだと私は信じている。私は今四十一歳で、この年齢で、この先ずっと親しくなれそうな人に会ったりすると、「ああ、どうしてもっと早く会えなかったのか」と思ったりする。十年前に会っていたら、この人ともっとたのしく遊べて、私の三十代はもっと愉快だったろうに！　と思うのである。でも、思うに、きっと十年前に会っていたら、それは運命の出会いにはならなかったのだ。三十歳からの十年の経験があるからこそ、その人のよさやおもしろさや、自分との相性のよさに気づくのだろうと思うのだ。

人ばかりではない。食べものにも、運命の出合いはあるのではないか。と、昨日、私はある料理屋でしみじみと考えた。昨日、ある集まりがあって加賀料理の店にいった。お刺身や焼きものの合間に、「加賀の珍味三種」という皿が出てきた。へしこ、くちこ、ふぐの卵巣《らんそう》。はじめて見るものばかりである。

珍味は食べるのに勇気がいる。見た目が「へっ」というものが多いからだ。同席した年長者に「こんなにおいしいものを食べないのはもったいない」と再三言われ、おそるおそる箸《はし》を延ばした。

ああ、これぞ運命の出合いであった。へしこ、くちこ、ふぐの卵巣。このしょっぱさ、まったくもって私好み。いっぺんで魅了された。加賀料理というものに興味を持ったことがただの一度もなかったのだが、今後の私は加賀料理と聞くたび、「ああ、へしこ、くちこ、ふぐの卵巣〜」と生唾《なまつば》を飲みこむであろう。それらを味わいたいがためにかの地を旅することもきっとあるだろう。

へしこよ、くちこよ、なぜ私の人生にもっと早く登場しなかったの、と、熱燗《あつかん》でそれらをちびちびつまみながら思ったのだが、このおいしさは、まさに二十代の私には理解できなかっただろう。

もっと早く出会いたかったと思う人や食べものほど、これからの人生で、ゆっくり、たいせつにつきあおうとかたく決意させられる。

カレー、ですか……

妻や恋人のいる男の人に、「彼女の作る料理でいちばん好きなのは何？」と訊《き》くのが、私はわりと好きだ。こういうとき、その妻なり彼女なりがいっしょにいると、興味深げな顔つきでその答えを待っている。私にも身に覚えがある。私の作る料理のなかで、この人がいちばん好きなのはなんだろう？　と、だれよりも自分自身が知りたいのである。

いろんな答えがある。パスタ、などとざっくり答えられると、つい、「パスタのなかでいちばんおいしいのは何、トマトベース？　それともクリーム系？」などと詳細を尋ねてしまう。しかしこういうざっくりした返答をする人は、料理名をそもそも知らないのであるが。餃子《ギョウザ》、とか、ビーフストロガノフ、とか、南瓜《かぼちゃ》の煮物、などという限定料理名だと、聞いているこちらも「ふむふむ」とどことなく満足するし、傍らで聞いている妻なり彼女なりも「そうかそうか」と、ちょっとうれしそうである。

この質問にたいして、質問者をも妻・彼女をも、もっともがっかりさせる答えがある。

それは「カレー」である。

もちろんいろんなカレーがあろう。スパイスから調合して作る本格的なものも、ネパール系のものインド系のもの、ココアやジャムを入れたりする一工夫もの、みんなそれぞれ、ご自慢のカレーなのだとは思う。しかし、「カレー」と答えられると、なんとはなしにがっかりしてしまうのである。

先だっても、新婚夫婦とともに飲んだおり、私はその質問をした。いっしょにいた新婚妻はわくわくと彼の答えを待っていた。そして、ああ、彼の答えは「カレー」。それを聞くやいなや妻は「えー、カレー？」と不満げな声を漏らした。「え、なんで？　おいしいじゃん、きみのカレー」と新婚夫。「えー、でも、カレーなのお？」となおも顔をしかめる妻。

わかるわかる。「えー、カレー？」と言いたくなる気持ち。料理の作り手としては、もっといろんな手のこんだものを作っているのだ。牛すじと大根の煮物とかさ。クリームコロッケとかさ。五目炊《た》き込みごはんとかさ。春巻とかさ。たとえカレーがスパイスから調合された本格的なもので、ほかのどんな料理より手がこんでいたとしても、

「カレー」と言った時点でそれはただの「カレー」なのだ。無個性というか凡庸というか退屈というか。カレーと言われるよりは、ビーフストロガノフだの生姜《しょうが》焼きだの、何かこう、個性が感じられるようなものを言ってほしいのだ、作り手は。

「私はね、交際していたときからこの人に、そりゃいろーんなものを作ってきたし、今だって献立工夫してるの。それが、よりによってカレーなんて。カレーばっかり食べさせてるみたいじゃん」と、新婚妻は作り手の落胆をうまいこと言葉にしていた。そうそうそう、とうなずく私に、「でも、ほんとおいしいんだよ、この人の作ったカレー」とだめ押しする新婚夫よ、どうか作り手の機微をわかってくれ。

カレーでいいの?

友人数人でごはんをたべているとき、ひとりが近ごろ見たというテレビの話をはじめた。

そのテレビ番組でね、二十代の男の子たちに、いろんなアンケートをとっていたの。そのなかに「彼女の手料理でいちばん食べたいものは何か」って質問があったの。それで一位はなんだったと思う? と、言うのである。私たちは顔を見合わせ、「そりゃー彼女の手料理といえば肉じゃがでしょう」と言い合った。肉じゃがは、長らく「彼女の手料理」の王さまだったのだ。女性誌における同様のアンケートの一位に輝くのはいつも肉じゃが、ロールキャベツが二位くらいではなかったか。私の友だちは競って肉じゃがとロールキャベツを作っていたものだ。

しかし今は違うらしい。言い出しっぺの友人は、私たちの答えを聞き、「ああ、みんな年齢がわかってしまうね、肉じゃがなんかもう古いのだよ」と言う。じゃあなんなのよ？　と詰め寄る私たち。

答えはカレーであった。それを聞いたとたん、みないぶかしげな表情で「ええっ、カレー？　カレーなの？」と叫んだ。もちろん私も「カレーっ？」としつこいくらい確認した。そして私たちはこの二十年における青年の意識の変革について、推測を重ねつつ声高に議論することになった。

まず、カレーというのはインドカレーやスリランカカレーといった、多量のスパイスでみずからルーを作り上げるような手のこんだカレーであるのか、それとも、即席のルーを入れる、失敗知らずの「あの」カレーであるのか。たぶん後者であろう（インドカレー好きがそんなにたくさんいるとは思えない）。さすれば、そんな自分だって作れるだろうものを、なぜわざわざ彼女のお手製で食べたいのか。

私たちの出した結論としては、「今の男の子たちは繊細なので、肉じゃがやロールキャベツなどを作られて口に合わなかった場合、そう言えずにつらい思いをする。その点カレーならば失敗知らずで安全という、守りの姿勢がカレーという結果を導き出しているのではないか。つまり若者は保守化しているのではないか」というものであった。「もしや」と、私はその結論に加えて己の推論を発表した。「もしや、今の若い男の子の母親は、忙しくて料理なんかしなくって、そもそも彼らは肉じゃがという料理を知らないのではなかろうか」。みな神妙にうなずき、「そういうこともないとは言いきれん」「居酒屋のメニュウと思っていたりして」「年輩の男が食べているへんな食いものと思っていたりして」と、ひそやかに言い合い、時代の流れと自分たちの加齢に思いをはせたのであった。

ところで、カレーを食べたいと言われた場合、今の若い女の子たちは「かんたんなものでラッキー」と思うのだろうか。それとも、料理の腕をふるえなくて「ちっ」と思うのだろうか。私は昭和の女なので、もちろん「ちっ」派です。

勘違い料理

勘違い料理、というものが、ときおりある。私の友人の実家では、茄子《なす》を半分に切って焼いたものに、醬油《しょうゆ》とマヨネーズをかけたものを「焼き茄子」と呼んでいたそうである。当然子どもたちはそれが「焼き茄子」と信じて育つ。そしてあるとき、衝撃の事実に出会う。皮むかれてなんかとろんとろんとした茄子が、正式な焼き茄子であるらしいと知るわけだ。

しかしこの友人は未《いま》だに「焼き茄子」は、半分にして焼いた茄子だと心の片隅で信じ続けている。この人が「焼き茄子作ったけど食べる」と言ってくれるとき、出てくるのは半分にしてフライパンで焼いた茄子だ。

私にもそういうことがある。

私が十八歳だったころ（八〇年代半ばごろ）、カルボナーフというものはなかった。いや、都内のどこかにはあったのだろうが、私の生活圏にはなかった。

大学生になって入ったサークルのたまり場が、大学近辺の居酒屋兼喫茶店のような店だったのだが、そこのメニュウにはカルボナーラがあり、私はそのおいしい食べ物にいっぺんで魅了された。そのカルボナーラとは、卵とベーコンとピーマンをパスタと炒《いた》めた、塩味のスパゲティだった。つまり、ベーコンとピーマン入りの炒《い》り卵スパゲティみたいなもの。

生まれてはじめて食べたカルボナーラがそうした代物《しろもの》だったので、その後私はずっと、「卵とベーコンとピーマンを炒めた塩味のスパゲティ」が、カルボナーラというものだと信じていた。私だけではない、そのサークルに属していた人は全員そう思っていた。

九〇年前後、イタリア飯がブームになって、あちこちにイタリア飯屋ができた。私は二十五歳くらいのとき、知人に連れられはじめてイタリア飯屋を訪れたのだが、そこで出てきたカルボナーラを見て、「まあ、生のまま出している……」と眉《まゆ》をひそめた。生卵を余熱でからめたカルボナーラは、料理人の手抜きだと思ったのである。

卵が炒めてないカルボナーラが本物らしいと知ったときは、ちょっとしたショックだった。そして件《くだん》のイタリア飯屋で、「ちょっとこれ生ですけどォ」と、無知なクレームをしなくてよかったと、胸をなで下ろした。

　先だって、この飲み屋兼喫茶店で、サークルの同窓会を開いた。やってくるのはみな四十前後のおっさんおばはんである。そしてみな、カルボナーラ（今も炒り卵の塩味）が出てくると「あーカルボナーラ食べたかった！」と、一様に言う。そうして出てきたそれを頬ばりながら、みな口をそろえて「はじめて本当のカルボナーラを食べたとき、生だと思った」と、私とまったく等しい思いで話をはじめる。私たちにとってやはりいつまでたっても、カルボナーラは炒り卵スパゲティなのだ。

　最近知った新事実としては、ちくわぶとちくわが、異なる食べ物であること。ちくわぶって、ちくわの蔑称《べっしょう》かと思ってました。「ちくわブー」みたいな。

ファストフード熱

今現在二十代や三十代前半の人にとったら、前世みたいな話だろうけれど、私くらいの年代の人は、自身のなかに「ファストフード登場」の記憶を生々しく持っているのではないかと想像する。

横浜駅の西口にマクドナルドができたのは、おぼろげな記憶では、私が小学校一、二年生のときだった。山側にある私の家から横浜駅まで、バスで一時間近くかかったのだが、習いごとをしていたため、横浜駅周辺へはよくいっていた。銀座にマクドナルドの一号店ができたのが一九七一年だから、その数年後のことで、母親たちにとってもマックは非常にめずらしかった。

母はマクドナルドができるやいなや、もの珍しさも手伝ってハンバーガーとフライドポテトを買った。母の世代的に、店でそれらを食べるということができず、持ち帰って家で食べたのを覚えている。そして小学生だった私は、ポテトのうまさにノックアウトされた。こんなにうまいものが世のなかにあったのか！　と、心底思った。母の揚げるポテトとはまったく異なる、文化の味がした(ような気がした)。

以来、横浜にいくたび、私はいっしょにいた母や父やおばや祖母にマックに連れてってくれ、ポテトを買ってくれとせがんだ。たいてい聞き届けられたが、いつもテイクアウト。私は母や祖母の目を盗んで、バス停であたたかい袋を開けてまだ熱いポテトを一本食べ、感動した。いつかぜったいに買ってすぐその場でポテトを食べようと心に誓った。

あんまりにもそのおいしさにノックアウトされたものだから、私は母に「お弁当にマクドナルドのポテトを入れてくれ」とせがんだ(私の小学校は弁当制だった)。母は聞き流していたが、あんまりにも執拗《しつよう》に私が頼みこむので、ある日、ポテトを余分に買って本当に弁当に入れてくれた。前日購入の、冷えたポテトはさほどおいしいとは思えず、なんでこんな無駄なことを頼んでしまったのか、昨日のうちに食べればよかったと子どもながらに後悔した。今思えば尋常ならざるポテトへの偏愛である。

私は英語を習っているのだが、この話を英国人教師にしたところ、彼もまた、十歳のころ誕生会で初ファストフードを体験し、ノックアウトされたと言うではないか。子どもがファストフードに魂を抜かれるのは、全世界的な真理なのだ。「でも、大人になってみるととくべつおいしいとも思わないでしょ？　なぜ子どもだけ、あんなに夢中になるのだろう」と教師はしみじみと言った。そういやあ、そうだ。私も今では年に一、二度、しかも必要に迫られたときにしかファストフードは食べない。世界規模で子どもばかりを魅了する味。考え出した人、すごいな、と素直に思う。

さっき外出した折り、前を歩いていた子どもが、手をつないでいる親に向かって、マックいきたいマックいきたいマックいきたいよう!!　と泣きながら訴えていた。あの子どももきっと大人になって、「なんでファストフードにいきたいと、泣いてまで訴えたのだろう」と記憶のなかの己を謎《なぞ》に思うのであろう。

目下、食革命中

私は好き嫌いの激しい子どもだった。野菜も茸《きのこ》も青魚も煮魚もいっさい食べなかった。それで叱《しか》られなかったし、小学校も弁当だったので、「嫌いなものをがんばって食べる」ことがないまま大人になった。三十歳のとき、一念発起して食革命を起こした。それまで食べたことのなかったものを果敢に食べるようになったのである。今、好物はあるが、食べられないものはない(唯一《ゆいいつ》避けているのはカリフラワー。見た目がへんだから)。

そして四十一歳の今、ふたたびの食革命中である。

きっかけは、スーパーマーケットで買いものをしなくなったこと。混んでいる、人にぶつかる、列に並ぶ、レジの人がこわい、レジの人が毎回「レジ袋ご入り用ですか」と訊《き》く(レジ袋削減キャンペーン中で、そう訊かねばならないらしい)、野菜も魚もなんでもあるがときどき品《しな》が見るからに悪い、という理由で、スーパーでなく個人商店を利用するようになった。

魚屋や八百屋には、ないものが多く、価格変動が激しい。二月に鰹《かつお》は売っていないし、四月のそら豆は馬鹿《ばか》高いし、小松菜だってあるときとないときとある。だから、「今日はこれを食べよう」と献立をしっかり決めておいても、材料が高かったりなかったりして、献立変更をせざるを得ないことも多い。が、利点もある。値段の安いものを選べば、すなわちそれが旬《しゅん》のものである、ということ。散財せずともその時期のおいしいものがきちんと味わえるのである。

なおかつ、私のよくいく八百屋は、じつに親切で、「今日はブロッコリーが死ぬほどうまい」などと教えてくれる。なおかつ「これ、食べたことある？　味噌汁《みそしる》の実にもいいし、茹《ゆ》でてポン酢かけるだけでおいしい」と、私がかつて手に取ったこともない素材を、調理法とともに勧めてくれる。私はこの八百屋に勧められ、おかひじきをはじめて食べ、コシアブラという山菜をはじめて調理し、そのどちらにも感動し、その感動が勢いをつけ、一生自分で調理することはなかろうと思っていた蕗《ふき》を買い、うどを買うに至った。

今までまったく縁も興味もなかったものを調理する、というのは、じつに興奮的な行為である。しかもそれがおいしければ、興奮は歓喜となる。おかひじき、うまい！

コシアブラ、うまい！　最近の私は感動、歓喜の連続である。

調子づいた私は、「今まで自ら買ったことのないものを買い、調理」に目下夢中になっている。このあいだはめばるを買って、煮た。子どものころは毛嫌いしていた丸ごとの魚の煮もの。これが、かんたん、かつ、うまい。三十歳の食革命で唯一遠ざけていたカリフラワーも、ついに買った。ポタージュにしたら、またしても、うまい。感動。

三十代の食革命は甘かった。自らの意志で買い、調理したことのないものはまだまだたくさんある。カワハギ、カサゴ、オコゼ、ワラビ、ルバーブ。考えるだけでわくわくする。大人になってよかった。料理好きでよかった。目下、そんな平和な革命中なのである。

お寿司《すし》屋さんにいく

お寿司屋さんって緊張しませんか。私はするんです。

子どものころから、家族の誕生日といえば寿司だったが、近所のお寿司屋さんにいっても通されるのは座敷席、頼むものも握りに巻物くらいだった。お寿司屋のカウンターに座って、お好みで注文をする、という経験がないまま成長した。二十歳を過ぎたころには回転寿司がどこにもかしこにもあったから、寿司といえばまわっているもの、という二十代を過ごした。三十代に入って、編集者がまわらない寿司屋に連れていってくれることがあったが、その都度、私はかちんかちんに緊張していた。カウンターに座って、「何かおつまみを」からはじまるのはまだいいが、「何か握りましょうか」と言われると、びくーっとする。

だいたい、魚の名前を知らないのである。季節の旬《しゅん》も知らないのである。そして注文の間合いがよくわからないのである。それで私は、隣に座る編集者が「ヒラメを」

と言えば「私も」とちいさくつけ加え、「アナゴを」と言えば「では私も」とつけ加え、自分が食べたいのか食べたくないのかわからないものばかり食べていた。しまいには、「寿司でもどうですか」と誘われると、緊張が嫌なあまり、「えー、寿司ですかアー」と生意気にも不満げな顔をするようになった。しかも私はふだん肉派なので、「この人は生粋《きっすい》の肉派で寿司は嫌いなようだ」と、未《いま》だにずいぶん多くの人に思われている。そうじゃない、寿司は大好きなのだ、心から愛しているのだ、緊張しちゃうだけで！

三十代の半ばを過ぎて、寿司屋を克服しよう、と私はふと思い立った。運のいいことに、おいしいと評判の寿司屋が近所に数軒ある。誕生日や何かの祝いごとがあるたび、私は友人や家族を寿司屋にいこう、寿司屋にいこうと誘い続けた。

近所の寿司屋は、みなどこも、おまかせコースがあって、それを頼むと、おつまみからはじまって握りまで、その時期のおいしいものが次々出てくる。おなかいっぱいになったらストップすればいいし、感激するほどおいしいものがあったら、最後にそれを追加もできる。魚の名前を知らない、注文の間合いがわからない、という問題は、このおまかせコースがすべて解決してくれる。長きにわたる寿司屋の緊張から私は解放されたのである。

が、問題はまだある。私が緊張せずいける寿司屋は、近所の数軒にかぎられている、ということだ。はじめていく未知の寿司屋に、はたしておまかせコースがあるのかわからず、また連れていってくれた人がおまかせコースを頼んでくれるかもわからず、店の雰囲気も店の人もコワイかもしれない。と、くよくよびくびくしてしまって、結局、「寿司でも」の誘いには、若いころと変わらず「えー、寿司ィー」となってしまう。

先だって、もう緊張しない近所の寿司屋で飲んでいたところ、隣のカウンター席に、親子三人連れが座っていた。真ん中に座った娘さんの、高校入学を祝って寿司屋にきたようである。「えーこれおいしいー、この魚なんですかー」とにこにこと板前さんに訊《き》く若い娘さんを私はちらちらちらと盗み見、この子はきっと寿司屋に緊張しない大人になるんだろうなあと、いじましく考えたのであった。

はつこいラーメンのこと

こんなにつめたい食べものを好むのは、世界広しといえど、日本人しかいないのではないかと夏になるたび思う。世界各国、それぞれの料理につめたい料理はかならずある。あるだろうが、でも、日本ほど多種多様ではあるまい。最近、つめたいお茶漬けのコマーシャルを見て、「そこまでやるか、日本人」としみじみ感心した。

蕎麦《そば》に素麺《そうめん》に冷やし中華に冷製パスタ。冷や奴《やっこ》、枝豆、冷やし茄子《なす》。お刺身、牛たたき、冷やしゃぶ。前菜からメインまで、ぜーんぶつめたい料理で構成できるくらい、つめたい料理はたくさんある。ガスパチョもビシソワーズも冷麺もバンバンジーも外国の食べものだが、しっかり浸透している。つめたくておいしいからこその浸透だと私は思っている。日本人は夏につめたいものを食べるのが大好きなのだ。

一年じゅう暑い国にいくと、逆に、こんなにつめたいものはない。タイやスリランカやメキシコ等々、かつて旅して暑かった国を思うと、辛い食べものはたくさんあったが、つめたいものはそんなになかった。

　暑いときに、熱くて辛いものを食べて汗をだらだら流す、というのは、日本人もやるけれど、まだ新しい感覚という気がする。昔っから「夏だ！　辛いものだ！」とやっていたわけではなかろう。しかもその「熱辛」コンビですら、冷やす場合もある。冷やし担々麵って、きっと本場中国にはないと思うんだけれど。

　山形を訪れたとき、昼に、ごくふつうの定食屋に入った。生姜《しょうが》焼きとか親子丼《どん》とか、オーソドックスなメニュウが並ぶなか、「はっこいラーメン」というのがある。はっこい？　初恋？　初恋ラーメン？　不思議に思い、「これってなんですか」とお店の人に尋ねると、「はっこいラーメンのことだぁ」という返事。はっこい、ひゃっこい、つまり「つめたいラーメン」。冷やし中華と違うのだろうか、と思い、注文してみた。いざ品が運ばれてきて、たまげた。

　ラーメンである。汁のなかに麵と卵と葱《ねぎ》とメンマと焼豚が入っている。そして、氷が入っている。一口食べて、さらにたまげた。つめたい。いや、わかっているんだけれど、ラーメンがラーメンの姿のまんまでつめたいと、やっぱり関東人の私はびっくりするのである。不思議なことに、氷が入っているのに最後まで汁が水っぽくならない。シンプルでかつこくのある醬油《しょうゆ》ラーメンが、何も損ねずつめたくなっている。ちょっと感動した。

帰京してから「はっこいラーメン」をずいぶんさがしたが、ない。コンビニエンスストアでつめたいラーメンを売っているのを見たが、見かけからして違うから、食べる気にならない。そこで私は考えた。日本人は、山形の人だろうが東京の人だろうがとにもかくにも夏にはつめたいものを食べたいのだ。東京にはっこいラーメンの店がないのなら、私が作ろうではないか。繁盛《はんじょう》間違いなし。……そこまで考えて、はっこいラーメンの作り方を何も知らないことに気づいた。だめだ、私じゃ作れない。だれか店を作ってください。繁盛間違いなし。夏場だけだけど。

やっぱり夏の定番。

あさつきという壁

その人が真にずぼらかどうかの線引きというのが私のなかにはあって、それはたとえば、料理の一手間が難なくできるか否《いな》か、ということである。

かつて友人たちを招き家宴会をしていたときのこと。その日の締めはたけのこごはんで、たいへんうまく炊《た》けたし、友人にも好評であった。が、ごはんを食べていた友人のひとりがぽつりと、「こんなにおいしいのに、木の芽は使わないのね」と言った。がひーん、と思った。ずぼらを見透かされた、と思ったのである。

たけのこごはんに木の芽をちょこんとのせることくらい私だって知っている。手でぱーんとやって香りを出すことも知っている。スーパーでかんたんに買えることも知っている。でも、そんなものは買わないのだ、面倒だから。ここに線引きがある。家で気楽に作ったたけのこごはんに木の芽をのせるかのせないか、ここに、ずぼらでないかずぼらかの線引きがある。料理が好評で得意になっていた私は、この友人の一言によって「真のずぼら派」と認定されたわけである。

それから、鍋《なべ》のあとの雑炊やうどんに、細かく切ったあさつきをのせるかのせないか、というのも、立派な線引きになる。この冬、私は土鍋にはまり、鍋料理を食べない週はないというくらい鍋を作り倒したのだが、鍋後の締めにほとんどあさつきを散らさなかった。理由は面倒だから。あのひょろひょろした長細いものを買うのも面倒、冷蔵庫にしまうのも面倒、ひょろひょろと数本出して洗うのも面倒、並べて切るのも面倒、鍋のあとまで別皿に入れてとっておくのも面倒。だから、鍋後の雑炊は卵のみ。鍋後のうどんはうどんのみ。それだって充分おいしいのだ。

ところがつい先日、鍋を作るため立ち寄った八百屋さんの店頭で、かつての木の芽事件を思い出した。「このまま私は一生ずぼら派として生きていくのかなあ」と、漠然と思い、にわかに不安になった。それで、ほかの野菜とともにひょろひょろしたあさつきを買い求めた。

面倒と思うから面倒なのだ、今日の雑炊にはあさつきを入れるぞ、そうして私はずぼら派から脱却するのだ。心のなかでつぶやきつつ、調理途中にあさつきを刻んでおき、別皿に入れておいて鍋をはじめた。

鍋後の雑炊に、ぱあーっとあさつきを散らしたところ、ああ、なんてきれいな色合いなんだろうとびっくりした。彩《いろど》りだけではない、味だって、あさつきによって、なんかこう、きゅっとしまるのだ。あさつきにはちゃんと意味がある。存在理由がある。今まで無視していて悪かった。私、これからあさつきを使う。たけのこごはんには木の芽をのせる。真人間になります。私は美しいあさつきに誓った。

そうだ、あさつきを買ったときにすべて刻んでしまって、小分けにして冷凍しておけばいいのだ、とひらめいたのだが、しかしまだやっていない。残りのあさつきは折り曲げられて冷蔵庫で出番を待っている。さて、私はこの後、あさつきや木の芽といった真人間の壁を越えていくことができるのか。あるいはずぼら派に舞い戻るのか。瀬戸際《せとぎわ》にいます。

好きな駅弁はなんですか？

駅弁といえば駅で買うものだが、ローカル電車に乗らないとなかなか買えない。私はこの半年ほど、伊勢《いせ》、京都、大阪へといったが、みな仕事がらみで余裕がなく、しかも乗るのは新幹線ばかりなので、駅弁でわくわくするということがなかった。京都まで三時間かからずいけるというのはすごいことだが、しかし、食堂車もない、途中駅で名物弁当もない、となると、なんだかさみしいものがある。東京駅では多種多様な駅弁が売られているが、なんというか、種類は多いもののただの学食みたいで味気ない。大船で鰺《あじ》の押し寿司《ずし》、小田原で鯛《たい》めし、高崎でだるま弁当、富山でますのすし、そういうものがわくわくするのである。

超特急の旅が可能になって、駅弁の楽しみは減ったように思うのは私だけだろうか。もっと優雅な日々を送っている人たちは、ローカル電車に乗って、停車時間に名物弁当を買ってボックス席で広げたりしているんだろうか。でも、デパートの駅弁大会の流行《はやり》具合を見ていると、みんなやっぱり、駅弁の楽しみとは遠い旅をしているような気もする。

かように私は駅弁と縁なく暮らしているが、ときおり無性に食べたくなる駅弁がある。それはね、崎陽軒《きようけん》のシウマイ弁当です。

この弁当、私には非常になじみ深い。私は横浜生まれなので、小旅行の出発は横浜駅になる。そして横浜駅といえばシウマイ弁当。食に関してじつに保守的な母は、列車に乗る前は、かならずこのシウマイ弁当を買ってきた。とはいえ、よく食べるものほど早く色あせる。思春期の私はシウマイ弁当をなんとなくダサい弁当と思うようになったし、実家を出てからは、駅弁を買う際シウマイ弁当なんてツマラナイものは避けて、ステーキ弁当とか、うにいくら丼《どん》といった、華やかなものばかりに目がいくようになった。

三十歳を過ぎて、ひとりで暮らすマンションに、母がシウマイ弁当を持って遊びにきたことがある。駅で売っていたので買ったのだと言う。私は母と向き合ってそれを食べ、「うまい！」と思わず叫んだ。なんなんだ、このおいしさは。シウマイ、鮪《まぐろ》の照り焼き、鶏《とり》の唐揚げ、卵焼き、筍《たけのこ》の角煮に、昆布と生姜《しょうが》。たわらごはんにかりかり梅。おかずはシンプルながらバラエティに富んでいて、しかも無駄がいっさいない。

そしてどれも、冷めてもおいしいようにしっかりした味つけ。以来私はシウマイ弁当を見なおして、列車に乗るでもないのにシウマイ弁当を買うようになった。

もちろん、この異様なおいしさには、記憶が一役買っているのだろう。そういえば、私の知人の鎌倉《かまくら》出身の男性（五十代）は、何かっていうと鰺の押し寿司を買ってくる。この人、そんなに鰺の押し寿司が好きなのかなーと思っていたが、あれも記憶作用だろう。私もきっと、還暦近くなってもシウマイ弁当を買ったりするのだろうし、陶器の醬油《しょうゆ》入れ（これは弁当ではなくシウマイにしかついていない）に胸を躍らせるのだろう。三つ子の魂百まで、って、こういうことをいうのかな。

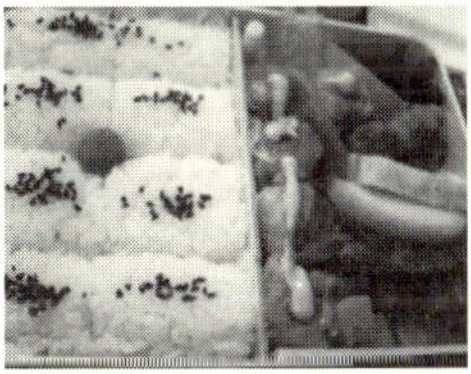
お昼はシウマイ弁当にしました。

私の四大難関

かつて私は、飲食店にひとりで入ることができなかった。入れるのはファストフード店止まり。レストランはおろか、喫茶店すら入れなかった。

なんかどきどきするのである。注文しようとして、でも店員にこちらに気づいてもらえなかったらどうしよう。頼んだものがおいしくなかったらどうしよう。ひとりで食べているときはどこを見て食べればいいのか。間が持たなかったらどうしたらいいのか。食べ終えたらどのタイミングで席を立てばいいのか。そんなことがいちいち、どきどきするのだった。

四年ほど前、自宅と仕事場を分けた。仕事場にはちいさい台所があるが、ここで料理なんかしたら一気に逃避しそうだから（仕事をしたくなくて、大げさな煮物など作りはじめそうだから）、仕事場では料理をしないことにして、昼は近場に食べにいくことにした。はじめてのひとりランチである。

最初は店に入るのだけで緊張したが、すぐに慣れた。だいたいひとりの客は意外に多い。行儀が悪いが、本を読んでいれば間が持たないこともない。おいしくなければ「けっ」と思いながら食べればいいし、おいしかったら「おいしー」と心のなかで叫べばいいのである。何ごとも案ずるより産むがやすしだ。

ひとりで店に入れるようにはなったが、しかし「これはきっとひとりじゃ無理だな」という、三大難関が私にはあった。それは、①混んでいるラーメン屋にひとりで入る。②回転寿司《ずし》屋にひとりで入る。③焼き肉屋にひとりで入る。この三つは無理。難易度が高すぎる。そう思っていた。

が、食欲とはおそろしいもので、私は食欲に負けて己の三大無理に次々挑戦していくことになった。ラーメン屋のカウンターでひとりラーメンをすすり、回転寿司屋でひとり回転する皿に手をのばし、網の上でカルビやタンをひとりひっくり返し、そうしていてなんの緊張も気まずさも感じない人間になった。今現在の私は、立ち食い蕎《そ》麦《ば》も牛丼《ぎゅうどん》も、天ぷら屋もステーキ屋も、もうどこだってなんだってひとりで立ち向かえるのである。

しかし、今のところ私がひとりで立ち向かえるのはランチのみ。夜の飲食店もひとりでは入れるが、三大難関はまだ試したことがない。居酒屋にもひとりでは入れないから、夜は四大難関だな。

この四大難関、でもずっと難関であったほうがいいような気もしている。だって夜に、ひとりで肉を焼いたり、ひとりカウンターでつまみながら飲めるようになったら、なんかもうひとりで生きていってなんら問題なくなるのではないか、と思うのである。配偶者も友だちもいらなくなってしまうのではないか。やっぱり夜ごはんはだれかと食べたい、とりあえずはそう思っていたいので、難関は制覇しないよう気をつけている。

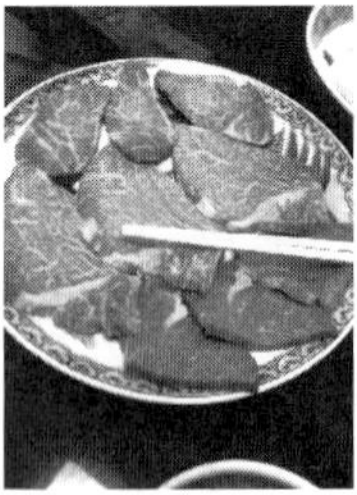

ひとり焼き肉はむずかしい。

嫌いだからこそ

子どものころ、深い謎《なぞ》だったのが、「なぜ私の好きな食べものは汚い色なのだろう」ということだった。私の好きな食べものは、みな茶色だった。ハンバーグ然《しか》り、すき焼き然り、焼きそば然り、ドライカレー然り、チョコレート然り、ポテトチップス然り。きれいな色のものを、私はほとんど食べられないか、食べられるが好きではなかった。人参《にんじん》やブロッコリーやかぼちゃや、トマトや豆腐や蛸《たこ》やチーズでさえも。

思春期になっても私の偏食はなおらず、疑問はさらに深まった。「なぜ私の好きなものは太りやすいものばかりなのだろう」と、謎は変化した。ダイエットの常食、わかめや蒟蒻《こんにゃく》も私は好きではなかった。

三十歳前後で、私はようやく己の偏食を克服した。今では食べられないものはない。かつて決して口にしなかった人参、青魚、茸《きのこ》類、なんでもござれである。しかしそれら、食べられるようになったものすべて、おいしいと思って食べているわけではない。

「まあ、食べられる」と思って食べているものも多い。

そして今の私の謎は、「なぜ私の好きなものは栄養が少なく、あまり得意でないものほど栄養価が高いのだろう」ということである。野菜で私が好むのは、茄子《なす》、じゃが芋であるが、これらは栄養という迫力において、ブロッコリーやトマトに劣る。もちろん茄子やじゃが芋にだって栄養はあるわけだが、ビタミンなんとかとか、カロチンとか、あまり豊富という気がしない。

とすると、論理的に言えば、「私の得意でないものは栄養満点」ということになる。三十代の半ばから、食事バランスに気をつけるようになった私は、だから献立を決める際、必ず自分の得意でない食材を使ったものを、一、二品入れる。

登場頻度が高いのが、ブロッコリー。私はどうしてもこの野菜を、さほどおいしいとは思えないのである。でも、私がおいしいと思えないのであれば、それは栄養価としてすばらしいしろもののはずなのだ。

先だって、よくうちに遊びにきていた友人に、「ブロッコリーってほんと、どこがいいのかちっともわからない」と漏らしたところ、たいそう驚かれた。「食事に招かれるたび必ずブロッコリー料理が混ざってるから、大好物なのかと思ってた」と、言うのである。「しかも、茹《ゆ》でただけでなくて、タルタルソースと和《あ》えてあったり、明《めん》太子《たいこ》ソースが添えてあったり、アサリとニンニクで炒《いた》めてあったり、ポテトサラダに入ってたり、ポタージュスープになってたり、調理法がさまざまだから、よっぽど好きなんだなあといつも思っていた」ということである。

それはあの、もちろん、好きではない野菜だから、なんとか食べやすく、苦心していたわけなのだがね……。友人の言葉を聞いて、私も大人になったものだと思ったことである。

人

人は否応《いやおう》なく変化する

愛と恐怖

先だって、我が家に子猫がやってきた。私はインコより大きな動物は飼ったことがない。今まで猫を飼ったことのない私にとって、それはじゅうぶんな事件であった。慣れなかったらどうしよう。私にうまく世話ができなかったらどうしよう。仲良くなれなかったらどうしよう。猫がやってくるまで毎日、不安におののいていた。

ところが、この子猫、すごいのだ。我が家に到着後、すぐに人の膝《ひざ》で寝て、その夜は私の枕《まくら》に頭をのせて寝ていた。翌朝は私の顔だの腕だのを前脚でフミフミフミフミし、ごはん、ごはん、と催促していた。なんというか、おおざっぱ。物怖《ものお》じしない。びっくりした。もちろん猫によって性格はあるだろうけれど、猫とはこんなにもさりげなく、人の生活に入りこんでしまうものなのか。

我が家は二人暮らしだが、日中は二人ともそれぞれの仕事場で仕事をしている。子猫がやってきた当初は、玄関を出ようとすると、にーにーと、こちらの胸を締めつけるような声で鳴くので、交代で家で仕事をするようにしていた。が、それも四日、五日たつと、「出かけるの？　ふーん。じゃーにー」といったような、あっさりした態度になる。見送りにももちろん出てこない。えぇーっ、そんな！　と、こちらが何かさみしいような気持ちになるほどの成長ぶりである。この順応性の高さにもまた、驚かされた。

そうして、気づいたことがある。愛するものが増えるということは、恐怖が増えるということなのだ。子猫がきて以来、私の恐怖方面の想像力が増大している。うちにある南部鉄の大ぷら鍋《なべ》が、何かの拍子に猫の首に落ちてきたらどうしよう。トイレのレバーを猫が引いてしまい、トイレの水中でくるくるおぼれていたらどうしよう。壁一面の本棚が崩れかかってきて、猫が本に埋もれていたらどうしよう。ガスのスイッチを猫が押してしまって、やけどしていたらどうしよう。でも冷静に考えれば、ひとつひとつ、あるはずのない事態なのだ。箱入りで棚にしまってある南部鉄の鍋を猫が出せるはずもないのだし、地震でも倒れないように細工がしてある木棚を倒せるわけはないのだ。でも、こわい。

そうして、思う。世のおかあさんがたというのは、子どもがちいさいとき、どのくらいの想像恐怖におののいているのだろう。その子が成長してみれば、「そんなことはあるはずがなかったのに」と笑えることでも、本気でおそれているのに違いない。幼稚園や小学校から、その子が帰ってくることだけで、もう奇跡みたいに思えるんじゃないか。

不思議なことに、猫が洗濯物をとりこんでいてくれるかも、とか、猫がトイレをぴかぴかに掃除してくれているかも、なんて楽天的な想像は、本棚転倒やガスのスイッチとおなじくらいあり得ないことなのに、思いつきもしない。愛とは悲観に属する何かなのだなあ。

うちにやってきた猫のトトです。

美人考

　私は美人が好きである。美人がいるとじーっと見てしまうし、美人に話しかけられるとうれしい。そうして美人（と私が思う人）をよくよく見ていて、はたと気づいたことがあった。世のなかには二種の美人がおり、一種は美人であることを最大限に活用しているが、もう一種はまったく活用していない、いやむしろ、美人であることがすでに無駄、という人たちである。

　よく思い返してみれば、私の知人友人にその種の美人はけっこういるのである。彼女たちの特徴として、まず、服装及び外見にこだわらないというのがある。美人なのに年じゅうジャージ状のもの、ジーンズ状のもの、ムームー状のもの（体型のあんまりはっきり出ないてれてれした服）を着ている。デザインの凝りすぎた眼鏡をしていたりもする。髪型も、ショートかのばしっぱなしのロングで、間違っても縦カールなんか作らない。化粧をしている人も少ない。「この人たち、自分が美しいと知っているから、わざと外見にかまわないのかな」と、かつて私は思っていた。「すっぴんでもジャージでもきれいなものはきれい、という意思表明なのかな」と。

しかし、どうやら違うらしいと、最近になって思い至った。彼女たちは本当に、まったく、単純に、身なりにかまっていないだけである。この種の人たちは、自分がきれいだということもよくは知らないのである。

さらに第二の特徴として、性格が粗雑、おおざっぱ、というのがある。動きが大振りで、ちょっと動いてはテーブルの上のグラスを倒す、灰皿をひっくり返す、ぎゃーと大声を出す、ばたばた走る。なぜかいつもあわてていて、せかせかしているか騒々しいかのどっちか。ひとつひとつの仕草がまったく美しくなく、ともすると、そのおおざっぱな動きが外見の美しさを帳消しにしてしまう場合もある。

こういう人を見るにつけ、私は内心で「こんなにきれいな人なのに……」と思うのである。男の人に「あの人、きれいなのにねえ」と言ったりすると、多くの男が「へ？　あいつがきれい？　どこが？」などと言う。私は当初、嫌だこの人照れちゃって。きれいな人にきれいって言えないのね。などと思っていたが、これまた最近になって思うのである。もしや彼らは、本当に気づいていないのではないか。彼女たちのジャージ状の服や粗雑さばかりに目がいって、その美しい顔立ちが見えないのではないか。

こういう女の人を見るにつけ、ああ、美人であることがまったく無駄になっておる、と私は心底思う。そんな無駄はもったいないからその美しさを私に分けてちょうだいよ、とすら思う。

しかしながらこういう無駄美人を私は愛してもいる。なんと潔《いさぎよ》い無駄遣いであろうかと感心せずにはいられないのである。ビバ！　無駄美人、である。

優雅とは何か

どうしてその言葉とかけ離れた私に訊《き》くのかわからないが、優雅と思うことは何か、とか、ゆとりとは何か、というような質問を、インタビューでよく受ける。優雅さのかけらもなく、ゆとりもなさそうだから訊かれるのかもしれない。

優雅、といって思い浮かぶのは映画館である。三本立て専門の、「オリオン座」とか「スター座」とかいった名称の前時代的な映画館。今、もうほとんどないのかもしれないけれど。

大学生になって私がいちばんショックを受けたのが、己の無知だった。同級生がふつうに話す小説家の名前も映画監督の名前も、なんにも知らなかった。うわ、この無知やばい、と思った。ただ無知ならば無知でいいが、無自覚な無知のままでいると、自分というものがあやうくなる、と思ったのだった。つまりなんにも知らないでいると、何が好きか、何が嫌いか、わからなくなる。そうして自分というものは、その好き嫌いの強さで成り立っていると当時の私は思った。

無知脱却をはかり、私は今まで読んだことのなかった小説を読み、図書館の試聴室で音楽を聴きまくり、そして映画館にいきまくった。時間は膨大にあったがお金はほとんどなかったので、三本立ての映画館は便利だった。入場券が安い上、三本も映画が観《み》られる。最新作ではないが、知る・知らない、あるいは好き・嫌いに、最新かどうかなんて関係がなかった。

お弁当持参で映画館にいき、昼どき、においを気にしつつも暗闇《くらやみ》のなかでこそこそと食べる。当時の三本立て映画館はがらがらだったので、においを気にする必要もなかったんだけれど。三鷹《みたか》や高田馬場、自由が丘や三軒茶屋や浅草、映画を観るためにどこでもいった。

さて、そのとき観たたくさんの映画が、知識の骨肉になったかというとそんなことはなく、三本観るから内容はごちゃまぜになったし、監督や俳優の名前は覚えられなかったし、しかも数日後には観たことすら忘れてしまった。今、タイトルは思い出せてもストーリーはまったく思い出せないものが大半だ。だけれども、私の好き・嫌いはやっぱり数多《あまた》の映画や小説や音楽が形成してくれたと思う。詰まるところ、必死に観たり聴いたりしたそれらが、今に至る私というものの根っこにあるのではないかと思うのだ。

今は馬鹿《ばか》みたいに忙しく、映画館自体滅多にいかなくなってしまった。映画はたいていDVDで観てしまう。三本立て映画館となると、どこに現存しているのかもよくわからない。もしあったとしても、ほとんど丸一日をそこで過ごすなんて、夢のまた夢だろうなあ。

そんなわけで、三本立て映画を観ていられた学生時代、というのは、貧乏だったし地味だったけれど、優雅だったなあと思うのだ。と、インタビューで答えると、「要するに時間があることが優雅ということですか?」と訊かれるが、違うんだなあ。自分の好き・嫌いをそんなふうに手間ひまかけて知ろうと思うこと、映画を観るためだけに知らない町にいくこと、暗闇のなかにずっと座ってスクリーンを観ていること、そういう全部ひっくるめての優雅なんだけれど、なかなかわかってもらえない。まあ、貧乏くさい思い出ではあるのだが、優雅やゆとりを経済と結びつけること自体、私は貧乏くさいと思ってしまうのである。

できることできないこと

人は否応《いやおう》なく変化する。年をとっていくだけで変化する。いつもは気づかない。あるとき「あっ」と気づくのである。そうして人は、できることになった変化よりも、できなくなった変化について、より敏感だと思う。

たとえばの話、私は十年前より格段に酒が飲めなくなった。前は平然と飲めていた量が飲めないし、また、かつては朝まで飲むのは日常的なことであったが、今はどうがんばっても無理である。この事実は私をひどく落ちこませる。

できなくなる、というのは、プラスからマイナスへの変化である。だから認めたくない。認めたくないとがんばって、でもある日「あっ」と思うのである。そして落ちこむ。その変化に、自分で気づくこともあるが、人から教えられ気づくこともある。

つい先だって、美容院で「どんな髪型にしましょう」と渡された雑誌が、見事に中年女性向けの雑誌だった。すてきな髪型で笑うのはみんなおばさん。みんなきれいであるがそれでもおばさん。このときも私は「あっ」と思った。私は自分の年齢を知ってはいるが、まだ若い子の髪型をできる年齢域だと思っていたのである。もうそれができないのだと、美容院で知らされたわけだ。

この二十年ばかしでできなくなったことはなんだろうと考えると、徹夜できなくなった、霜降り肉をたくさん食べられなくなった、手帳にメモしないとものを覚えられなくなった、列に長時間並ぶことができなくなった、ミニスカートをはけなくなった、腹の肉がかんたんに落ちなくなった、と、どんどん出てくる。しかしできなくなるばっかりでもないはずだ。できるようになったことだって、同様にたくさんあるはずだと思う。そしてできるようになったことを考えてみる。…………。どうして何も思い浮かばないんだろう。できるようになったこと、何かしらあるはずじゃないか。

そうだ、眠る前に化粧水を顔にはたきこめるようになった（昔は面倒でできなかった）。椎茸《しいたけ》やウニやブロッコリーを食べられるようになった（昔は食べられなかった）。パソコンを使いこなせるようになった（二十年前にパソコンはなかった）。うーん、これくらいかなあ。いや、もっともっとあるはずなのだ、できるようになったこと。

できなくなったこととできるようになったことの数は、たぶん変わらないはずなのに、できなくなったことばかりが多く思い浮かぶのは、それができなくなるかもなんて、思いもしなかったからではないか。私は二十歳のとき、自分が四十歳になるなんて思いもしなかった。いつか酒が飲めなくなる日がくるなんて、おばさんしかのっていない髪型本を見るようになるなんて、思いもしなかった。何かができるようになるのは当たり前だが、何かができないようになるという想定はしていなかったのである。だからきっとびっくりしてしまうんだろう。

これから年々、できなくなっていくことは増えていくだろうなあ、と思う。だからこそ意識的に、できるようになったことのほうを数えて日を過ごしていきたいと思うのである。

二日酔い対策。

バブル人

男の人とごはんを食べていて、「あ、この人、バブルのときすごくいい思いをした人だ」と思うことがある。だいたい五十代の人である。

好景気だった八〇年代後半、私はまだ大学生で、バブルの恩恵を受けてはいたのだろうが、はっきりと自覚はしなかった。バブルというものの威力を堪能《たんのう》したのは、当時二十代、三十代の会社員たちだ。会社のお金で超高級料理を食べて、移動は全部タクシーで、海外旅行もがんがんいってと、さんざんたのしい思いをした人たちである。こういう人たちは今現在ごくふつうの中年会社員になっている。が、いっしょに食事にいくと共通点があるからすぐわかる。

どんな高級店でもたじろがない。たじろいでいないと主張するために、従業員にフレンドリーとも横柄《おうへい》ともとれる態度をとる。しかしそこはさすがに慣れているので、従業員から好感を抱かれることが多い。注文の仕方がお大尽のよう。コースやワインは内容や中身をよく吟味せずいちばん高いものを（やや面倒そうに）選んだり、値段のわからない「おまかせ」にする。メニュウに記載されていない「裏」ものを出されるのがたいへん好き。常連客扱いされるのも、大好き。でも、味についてはよくわかっていない。

ごくまれに、仕事相手と食事をすると、こういう人がいる。興味深いことに今挙げた共通点のすべてを兼ね備えている。「あー、バブル人だ」と思う。

女性のバブル人というのはあんまりいない。これは私の勝手な推測だが、女性会社員たちがバブルの恩恵を受けなかったのではなくて、恋愛といっしょで、女性というのは終わったものごとに圧倒的に拘泥《こうでい》しないのだと思う。バブル期のようなレストランの選び方、バブル期のような注文の仕方、バブル期のような支払いの仕方は、バブルが崩壊した時点ですべてやめ、そうした時代があったこともすっぱり忘れたのだろう。女性バブル人は男性に比べて舌が肥えている人が多いと思うが、その舌の肥え方がバブルの遺産なのだろうと思う。が、舌が肥えていることをことさら主張する女性も、ほとんどいない。

バブル期、まだまだマッチョな男性がもてていたし、主流だった。食事は男が誘うものであり、支払いは男が持つものとだれしも思っていた。だからこのころの男性は、まるで歩く「ぐるなび」のように店情報が頭のなかに入っていた。食事に誘った年若い女の子たちが「うわー、こんなにおいしい魚食べたことなーい」とか「えー、このわたってはじめて食べた！」とか言うことが、彼らの至上の喜びだった。今でもバブル人の男性がたは、食事中にそんなふうに大げさに言うと、私が若くなくともちゃんと喜んでくれる。

私たちは自分のあたまで考えたり選択したりして生きているようであって、その時代の景気や空気にこんなにも左右されるんだなと思う。草食系男子が増えたとよく言うし、私自身もそう実感するが、草を食うしかないのだろうなと思ったり、するわけである。そして今草食系の男子は、そのまま草食系中年になっていくのだろうな、とも。

なぜ私？

　私は町なかでたいへんよく声をかけられる。といってもかなしいことにナンパではない。道を訊《き》かれたり、アンケートを求められたり、手相がうんたらと言われたり、お金を貸してくださいと言われたり、するのである。道を歩いているのが私ひとりというわけでもない。いきかう人々とかたまりになって歩いていても、みなまっしぐらに私を目指し、話しかけるのである。

　つい先ほども、デパートの飲食街でおばあさんに「南口にいきたいのだけれど」と声をかけられた。「それならいったん地下にいって、地下は駅と直結しているから、駅を通って反対側の出口にいけば、南口です」と説明すると、「どのようにして地下に下りればいいの？」と訊く。えっ、そんならおばあさんはどのようにしてここまで上ってきたの？　と思いつつ、すぐ近くにエレベーターがあったので私は下マークのボタンを押し、「今エレベーターがきますから、これに乗れば地下までいけますよ」

と説明した。おばあさんは私の腕にすがりつかんばかりにして「ええっ、本当にこれに乗れば地下にいくの、どのボタンを押せばいいの」と訊くので、私はやってきたエレベーターにおばあさんを乗せ、地下一階のボタンを押し、「これで地下までいけます」とエレベーターをおりようとした。が、このおばあさん、今度は本当に私の腕にしがみつき、「こんなのに乗って、本当に地下で扉が開くの？　扉が開いたらどうするの？」と訊く。どうするのって……。

おばあさんとともに地下まで下りて、南口に連れていってあげればよかったのだが、私には時間がなく、「地下で扉は開きます。だいじょうぶです」とくりかえしながら、エレベーターを飛び降りた。そして「はて」と深く考えながら、待ち合わせ場所へと急いだ。はて、なぜ私なのだろう。

この問題について私は長く考えてきた。だってずっと昔からなのだ、声かけられるの。そして今のところの暫定的《ざんていてき》な結論として、「顔がこわくない」というのがあるのではないかと思っている。というのは、私の友人（男）は、人生において一度たりとも声をかけられたことがないらしいが、この友人の顔はこわい。なんていうかヤンキー顔。しかも目が悪いため、しょっちゅう目を細めていて、それがガンを飛ばしているように見える。

そして私は素《す》の顔が、困り顔とよく言われる。無表情で歩いていると、困っているように見えるらしいのだ。道がわからなくて困っている人は、困り顔の私を見つけ、同類であると無意識に判断し、すーっと引き寄せられるように近づくのではないか。

その結論を出してしばらくは、私は気を引き締めて、こわい顔を作って歩いていた。眉間《みけん》にしわを寄せ、件《くだん》の友人のように目を細め、すべてをねめつけるようにして歩いていた。が、やっぱり声をかけられるので、なんだか馬鹿馬鹿《ばかばか》しくなり、今はもう、「道でもなんでも私に訊きなはれ」と開きなおって歩くようになった。

こわい顔の彼と、こわくない顔の私と、どっちがいい人かといったら、こわい顔の彼だと思うんだけどなあ。ままならない世のなかである。

こわい顔の猫。

数の不思議

　人は、いったいいくつの番号を覚えているものなのだろうか。番号——それはすなわち、家の番地の番号であり、電話番号であり、携帯番号であり、口座番号であり、パスポート番号であり……かように私たちは番号に囲まれて暮らしている。

　私の友人は何ひとつ番号を覚えられない。数の羅列、というだけで脳がインプットを拒否するらしい。家の番地すらおぼつかないし、自宅電話すらわからないのだ。それらはすべて携帯電話に入力してあり、記入などが必要になると携帯電話を見ながら書き入れている。この人は、携帯電話をなくしたら宅配便すら送れないのだわ、といつも思う。

　携帯電話が普及してから、人はあんまり番号を覚えなくなった気がする。私の友人のように、そこに入力しておけばいつだって見られる。「しなくていい」ということがあると、人はとことんそれをしないし、その能力は退化する。

私は携帯電話を携帯しないせいか（よく家に忘れる）、あるいは番号脳なのか、ものすごくたくさんの番号を覚えている。覚えようと思って覚えているのではなく、何回かくり返していると覚えてしまうのである。従って、自宅と仕事場両方の番地・電話はもちろんのこと、携帯番号、二種類の口座番号をごくふつうに覚えている。このあいだ、パスポートの番号を書く必要があって、「まさかそれは覚えていないよな」と思ったものの、書いたら書けたので驚いた。

ところで私の青春期には携帯電話は存在しなかった。だから友だちや恋人に電話をかける際、八桁《けた》もしくは十桁の電話番号を用い、幾度もくり返しかけていると、自然に覚えてしまった。当時は、「恋人の電話番号を指が覚えていて、気がついたら途中までかけてしまって、あわてて止めた」というような歌がいくつかあったようにも記憶している。そう、指が覚えてしまうのだ。恋人と別れても、幾度もかけた番号はなかなか忘れられないのであり、ここになんというか、どうしようもない喪失感、失恋のせつなさがあったのだが、携帯電話の台頭とともに、そうした微妙な感情も消えてしまったのではなかろうか。

携帯電話の番号は十一桁で、しかも最初の三桁のパターンはだいたい決まっているから、八桁覚えればいいだけなのだが、なぜかかつての電話番号のようなあまやかさがない。恋人の携帯番号を覚えている人が、いったいどのくらいいるのだろうか。何より今は、携帯に内蔵されたアドレス帳があるから、ぶちぶちと番号ボタンを押す必要もないのである。関係が終われば、アドレス内の情報を削除すれば、指が勝手にかつての恋人にかけてしまうということもない。

番号を自然に覚えてしまう私の脳は、まだ昭和仕様なのだと思う。今、指が勝手に覚えているのは、恋人の電話番号ではなく、毎週ファクスを送る某編集部のものであるのが、ちょっとさみしいところだが。

数、覚えてますか。

『オレンジページのこと』

今日は『オレンジページ』について書こうと思う。

このエッセイが掲載されている雑誌が『オレンジページ』だから書くのでは決してないのだが、二十代の、料理を覚えたての私が定期的に買っていた料理雑誌は『オレンジページ』だった。そのころ（十五年くらい前）、今ほど料理雑誌はたくさんはなかったのだ。『オレンジページ』は写真がきれいで、料理説明がかんたんで、かといってレシピが馬鹿《ばか》みたいなことになっていないので、好きだった（レシピが馬鹿みたい、というのはあまりにかんたんすぎて料理とは呼べないようなもののこと）。

定期刊行物のほかに、『基本の和食』『毎日のおかず』『いつものおかずでおもてなし』などのシリーズがときどき発売されて、これも買っていた。当時私んちには来客が多く、ほとんど毎週末が宴会状態だったが、『オレンジページ』の掲載料理でいったいどれほど彼らをもてなしたろう。

おそろしいことに、私は当時の『オレンジページ』を捨てられずに持っているのである。いや、二十代のころから引っ越しを七回はしているので、そのたび、気に入ったレシピは切り抜いたりして、雑誌自体は処分してきた。それでもまだ七、八冊が手元にある。手元にあるだけではない。それを今も現役で使っているのだ！

ここ最近土鍋《どなべ》にはまっているのだが、「今日、何鍋にしようかなー」というとき、私が取り出すのは『オレンジページ』の鍋の特集号。先だって、いつのものかふと疑問に思って調べてみたら、一九九四年だった。十四年前である。

この鍋特集にのっている「豚キムチ鍋」を、この十四年のあいだ、いったい何度作ったろう。友だちに大好評だったので、宴会でもくり返し作った。作り方はもう諳《そら》んじている。が、この雑誌は捨てられなかった。なぜかといえば、この鍋特集号には「手作りまん」のページがあって、手作りの肉まんやあんまんのレシピがのっており、いつか作ろう、いつか作ろう、と思っているから雑誌ごととってあるのだ。そしてこの十四年間、私は一度も肉まんやあんまんを手作りしたことはない。先日もまた、鍋ページを見終えた私は肉まんページを眺め、「今年こそ肉まんを作ろう」と心に誓い、表紙の黄ばみはじめた雑誌を元あった位置に戻した。

それだけではない。二十代の宴会料理はほぼ『オレンジページ』だったから、未《いま》だにうちに友人がこぞってくるときは『いつものおかずでおもてなし』を熟読して、十数年前と変わらぬメニュウを用意したりしているのだ。こんなに長く活躍させている人間がいるとは、『オレンジページ』の編集長ですら想像しないであろう。天晴《あっぱ》れ『オレンジページ』。

14年間活躍中。

他人のデート

つい先だって、某パンクバンドのライブを見にいった。会場は激混みで、私はスペースにゆとりのある後方部にいた。ライブ中盤、とあることに気がついた。私の前に一組のカップルがいるのだが、この人たちが妙なのである。男はスキンヘッドの背広姿、バンド演奏に浮かれまくってノリノリである。しかし連れの女の子（チェックのジャンパースカートをはいた、ライブハウスではちょっと見かけないようなタイプ）は、ぼんやりとその場に立ち、佇《たたず》まいそのものから不機嫌オーラを発している。背広男は「イエイッ」とか、彼女に向かってノッて見せるのだが、女の子はまるで無視。そしてときどき、女の子だけふらりと外に出ていく。

ライブ中、喫煙しようと外に出ると、先ほどの女の子がぼんやりしゃがみこんで携帯メールを打っている。そこへ背広男登場、「疲れた？」と訊《き》いているが、彼女はこれも無視。

ははーん。私はピンときた。この二人は交際間もないか、交際直前のカップルなのである。趣味の一致がまだできておらず、男が勝手に自分のフィールドに女の子を連れてきたものの、女の子がその世界についていけず、男の勝手なデートコースに怒り心頭なのである。男はそれに気づかず、いつも以上に激しくノッてみせることで、そのライブがいかにすばらしいかを女の子にわからせようとしているのだが、そうすればするほど二人の温度差が開いていく。

その翌週、芝居を見にいった。私の隣には若いカップルが座った。芝居がはじまってすぐ、すぐ隣に座った若い男が、あまりにもオーバーアクションであることに気づいた。「くすっ」と笑うくらいのシーンで「わっはっはー」と腹を抱えて笑い、そればかりか、「あーあ、あの人取り残されちゃって」「みんな無視してるよー」など、小声で独自の舞台解説をしているのである。うるさいなー、と思っていたが、これまた私はピンときた。

この彼も、自分の好きな芝居に、はじめて女の子を連れてきたのだ。女の子がその芝居についていけないことがないように、彼女を誘導するように笑い、彼女が意味を取り損ねそうなところではわざわざ独り言を言って説明しているのである。「こんなにもおもしろい芝居を、おれたちは見ているんだぜー」と、彼女にアピールしているのであろう。

この彼、さほど悲しくない場面で、いきなり鼻をすすりだし、鞄《かばん》からハンカチを出して涙をごしごしこすっていた。暗闇《くらやみ》に彼ひとりの嗚咽《おえつ》が響く。それには私がちょっと引いた。彼女、だいじょうぶだったろうか。

恋愛初期のデートってむずかしいよな。だれしもが自分の世界を相手にわかってもらいたいもんな。しかしながら、恋愛を成就《じょうじゅ》・持続させるのは、世界の共有ではなくて、譲り合い精神なのだと、手痛い失敗をしないとなかなかわからないものである。

あの二組のカップルのその後は、いったいどのようになるのであろうか。そんなことをぼんやりと気にしている今日このごろである。

女子校的

女子校に在籍したことがある人は、濃淡にかかわらず女子校的部分を持っている、というのが私の持論である。私は中学高校と女子校だった。それは高校卒業後、長きにわたって私のコンプレックスであり、自身のなかの女子校要素を、できるだけ排して排して生きてきたし、今もそうである。しかし私のなかにも、女子校的部分はしっかりと残っている。根づいてしまっている。

私の思う女子校的なもの、というのは、以下のようなこと（まったくの私感なので、あしからず）。

○男子・男性を別の生物と見なしている。根本的理解はあり得ないと無意識に思っている。

○理想の男性像があり、そんな男はいねえよ、と自分で思っていてもその理想を捨てられない。

○悪口で盛り上がるすべを知っている。まったく悪口を言わない人を、友だちと見なさない。
○自分の自慢が苦手。自分の自慢をするくらいならば、己のだめ話をみずから暴露したほうがまし。
○写真を撮るとき、おすまし顔ができず、わざわざへんな顔、へんなポーズをつくる。
○人間関係のバランスに、妙に敏感。
もちろん、女子校経験があり、上記の一個もあてはまらない人もいるだろう。でもそういう人は、きっと女子校で浮いていた気がする。女子校というものにどっぷりと浸り、女子校ライフを満喫（またはサバイブ）した人は、一個くらいはあてはまるのではないか（これまた私感ですが）。

初対面の女性と会い、話をしていると、私はその人に女子校経験があるか否《いな》かが八割がたわかる。どんなに隠しても、どんなに排しても、私は所詮《しょせん》、女子校的な大人になっていて、だから、同じ種類の人のにおいがすぐわかるのだと思う。

女子校を出てはや二十年がたち、私は今、まったくあたらしい後遺症に気づき、愕《がく》然《ぜん》としているところである。それはね、いい年になっても、学生服がまぶしい、ということ。

電車のなかで、繁華街で、デパートやスーパーで、あるいはそのへんの道っ端で、学生服を着た男の子たちを目撃する。私はその姿を見ると「ほわーん」となるのである。制服姿の男子というものが、自分の青春期にすっぽり抜け落ちているものだから、あこがれのようなものがこびりついたまま、残っているのだと思う。

私と同い年の、共学出身の人は、学生服を見ると自分の子どもを思うそうだ。「うちの子もすぐにあんなになるのねえ」と思うらしい。それが正しい反応だと、心から思う。自分の子どもでもおかしくない年代の子を見て「ほわーん」としてちゃ、いかんのである。

これが女子校経験者に共通しているかどうかは定かではない。調査したいが、「ねえ制服の男子見ると、ほわーんとする？」とは、どうも訊《き》けないのである。変質者扱いされそうで。

蟹《かに》を食べに鳥取に行きました。

湯沸かし器系

すぐムカッとなって、そのムカッがまったく包み隠されずストレートに出てしまう、瞬間湯沸かし器系の人は、ときどき存在する。友人だとか、知人だとかに存在するぶんにはまったくかまわないのであるが（そうとわかっておつきあいできるから）、なぜかサービス業に従事している人に、そういう人をよく見かける。私感だが、男より女にだんぜん多い。

私がときどきランチを食べにいく釜飯《かまめし》屋に、ひとり、そういうタイプのおばさんがいる。てきぱきと動く働き者のおばさんで、店が空《す》いているときはふつうなんだけれど、混んでくるに従って、彼女はいらいらし出す。混んでいるさなか、客が「お茶をくださ〜い」とか、「箸《はし》を落としたんですけど〜」とか、少々どうでもいいことで彼女に声をかけると、彼女は火山爆発寸前くらいムカッとくるようである。そしてムカッを包み隠すことなく、客に向かって怒る。「今いきますからちょっと待ってくださいねッ」「はあッ？　なんですかッ？」と、食ってかかるのである。ものすごい形相ものすごい語気なので、「この糞忙《くそ》しいのに手を煩《わずら》わせるんじゃねえよッ」と聞こえる。

私はこの店でかつて、食べ終えた盆を隅に寄せようと動かしたところを、ムカッまったただ中の彼女に目撃され、「それ動かさないでッ！」と意味不明の叱責《しっせき》を受けたことがある。

それから、よくいく鶏肉《とりにく》専門店にも、かようなおばさんがいる。開店直後、品出しで忙しいときに、彼女がムカッまったただ中であるのを幾度か目にしたことがある。「だから私言ったでしょッ、そのパックじゃちっちゃくて入んないってッ」と他の店員たちに怒鳴り、怒鳴っているうちどんどんエスカレートしてきて「はあッ？　ああもう、わかりましたわかりましたッ、そうすればいいんでしょッ」と店のガラスがびりびり震えるほどの大声で叫んでいる。おそろしいのは、そのままの状態で「なんですかッ」と接客するところである。

大晦日《おおみそか》、この店は必ず混むのだが、このときも彼女は大活躍。「えッ、もも肉？もも肉ったってうちは三種類あるんですけど、どれッ」と目をつり上げて接客。やっと順番がきた私が注文するため口を開くと「あなた、ちゃんと並んでたのッ？」と開口一番怒鳴られた。

このような人たちは、常人よりもキャパシティがちいさいのだと思う。それがいっぱいいっぱいになったときに、脳内瞬間湯沸かし器がフル回転するのだと思う。

少し前までこういう人は苦手だったが、最近では、それほどでもなくなってきた。この人たちはすぐ怒るが、きっとその怒りもけろりと忘れてしまうのだと思う。案外さっぱりした、気持ちのいい人に違いない。そうして見知らぬ客の前であれだけ怒りをあらわにできるということは、子どものような無邪気さを持ったまま大人になった人なのだと想像する（そのように思わないとやりきれない、ということでもあるが）。

ともあれ、たまたま入ったレストランやスーパーや何かの店で、湯沸かし器タイプの人がひとりでもいると、「あ、いた！」と、当たりくじを引き当てたような気分にすらなっている私である。

ボクシングを見にいく

　あまり賛同を得られないことを承知で書くが、ボクシングはもっとも美しいスポーツではないかと私は思っている。ただ、殴る。それだけなのに、複雑な美しさがある。

　私は近隣のボクシングジムに通っている。もちろん目的は運動不足解消のためで、試合に出るというような野心もなければ、スパーリングですらこわくてできない。そもそも運動神経が鈍いので、ひとりよろよろと練習しているだけである。

　このジムに所属する選手たちが、後楽園ホールで試合をよくするので、ほんのときたまだが、見にいく。試合は、新人選手たちの四回戦からはじまり、六回戦、八回戦と続き、最後にメインイベントの大きな試合がある。いろんな試合がある。おもしろいものもあるし、退屈なものもある。

　先だって、はじめて大きなホールでやるタイトルマッチを見にいった。世界戦である。四回戦と八回戦の試合が終わったあと、いよいよメインイベントがはじまった。

後楽園ホールはさほど広くないので、後ろのほうの席でも、パンチの音はよく聞こえ、飛び散る汗もよく見える。けれどこの大きなホールでも、静まり返った観客席にはちゃんとパンチの音が響き、飛沫《しぶき》のような汗もくっきりと見え、充分な臨場感だった。

世界一を賭《か》けた試合というのは、やっぱりすごい。どんな試合でも迫力があるが、チャンピオン戦はその迫力が、ものすごく静か。試合そのものに華があり、両選手とも知らなくても、見ていてぜんぜん飽きない。もしかして大誤解かもしれないが、闘っている人の気持ちがわかるような気もする。この日、タイトルマッチの試合は三つあった。最後の最後、いちばんのメインイベントの挑戦者が、素人目《しろうとめ》にもわかるほど強かった。見ていてこわいほどだ。チャンピオンが一ラウンド目でその強さに気づき、少々怖《お》じ気《け》づいたのがわかったような気がした。あ、今、この人気持ちが引いてしまった、というようなことを、思うわけである。この試合は挑戦者のＴＫＯ勝ちで、三ラウンドで終了した。

それにしても思うのは、ボクシングを娯楽として見る人はもういないのだな、ということ。タイトルマッチが行われた大ホールはずいぶんと空席が目立ったし、きている客の大半はボクサーの関係者や応援団やファンである。とくにどの選手を応援しているわけではないが、でも純粋に試合が見たくて見にきた、という客は、非常に少数だったと思う。私が子どもだった七〇年代はボクシングの最盛期で、テレビで見ると会場は満杯、ものすごい熱気だった。ボクシングの持つ泥臭い美しさと、今の時代というものが、あんまり合わなくなってしまったのだろうなあ、と思う。ボクシング観戦の好きな私も、もしかしたらもう時代遅れの人間なのかもしれない。

どこまでやれば!?

かねてから不思議に思っていることがある。

ボクシングジムに通って九年になるのだが、それを知った人の六割が、「試合をするの？」と訊《き》き、試合はしないのだと答えると、「なーんだ」と、言う。

ランニングをはじめて三年になるのだが、それを知った人の六割が、「フルマラソン走ってるの？」と訊き、そんなには走れないと答えると、「なーんだ」とは言わないが、そういう顔をする。

英語を習って十数年になるのだが、それを知った人の六割が、「じゃあもうネイティブスピーカー並みね」と言い、「いや、旅行会話ができるくらい」と答えると、「そうなの？」と眉間《みけん》にしわを寄せる。

私が不思議に思うのは、ジム通いイコール試合、ランニングイコールフルマラソン、英会話イコールネイティブスピーカー、という連想である。だってですよ、たとえばランニング。運動嫌いで通してきた私が三十代の終わりにはじめたランニングが、いかにきついか。最初は三キロ走っただけで「もう死ぬ」の世界だった。五キロようやく走れるようになって「思えば遠くへきたもんだ」なのだ。四十二・一九五キロなんて、夢のまた夢。足腰弱るのが先か、フルが先か、というくらいの難関なのだ。ボクシングにしたってそう。試合なんてね、毎日毎日ジムに通ってすさまじい練習をしている人だって、勝てるか勝てないかって話である。週一回ちんたらとジムにいき、「ああ、疲れて目の裏に星が」と練習中に座りこんでいる四十二歳の私に、そもそも試合に出ようなんて気概があるはず、ないじゃありませんか。

思うに、世のなかの六割ほどの人は、何かをはじめるときに目標を設定するのだろう。「よし、フル走るぞ」と思ってランニングをはじめ、「よし、ネイティブ並みに話すぞ」と決めて英語学校に申しこみをするのだろう。つまり「試合にでるの？」「フル走った？」と訊く人は、いい年して運動を続ける私の最終目標を訊いているのだろう。

が、私には目標がない。まるでない。ただはじめてしまっただけ。そしてやめる理由が見つけられず、ただ続けているだけ。目標がないから向上心もなく、向上心がないから努力もせず、努力もしないから、九年続けたってボクシングは猫パンチ、防御もできやしない。

世のなかの六割の人が目標を持って生きていると考えると、亀《かめ》のように縮こまって恥じ入りたくなるが、しかし、目標がないと長続きするのはたしかだ。目標がないから挫折《ざせつ》がない。上達しなくともちっとも傷つかない。ジム通い九年とか、毎週末走って三年とか言うと、ほとんどの人が「よく続けているねえ」と驚いてくれるが、それはまさしく、何も目指していないから。

「それで、かくちゃん、ボクシングしてランニングしてどうなりたいの？」と、目標型の人は訊くが、どうなりたいのか、私にもさっぱりわからないのである。

だいぶ年季の入った名前入りグローブ。

覚えていない

酒を飲むと記憶がなくなる。これはもう、酒を飲みはじめた若き日からそうだった。昨日の酒席のことを何も覚えていない、という場合、二種の人がいると思う。「覚えていないんだから、まあいいや」と楽天的にとらえられる人と、「きっと何か最低のことをしたに違いない」と悲観的な思いにとらわれる人と。

私は完璧《かんぺき》な後者である。

覚えていない、その靄《もや》のなかで、私はきっとだれかにたいして失礼な発言をし、はしゃぎすぎて醜態をさらし、ちっぽけな自慢をくどくどとくり返し、グラスを割り料理をこぼし、しまいにはお金も払わずに帰ってきたのだろう、きっとそうだろう。と、ごく自然に思うのである。

だから飲み過ぎた日の翌朝、二日酔いプラス猛烈な自己嫌悪《けんお》とともに目覚めることになる。ときには二日酔いより自己嫌悪のほうが重すぎて、気分が悪くなるほどだ。

その自己嫌悪をなんとか処理するため、前日ともに飲んだ人たちに「もし失礼があればお許しを」というメールを書く。「べつに失礼なんてなんにもなかったよ」と、ほとんどの人が言ってくれる。しかし、それを信じていいものか。みんな、頰を引きつらせ内心で拳《こぶし》をふりまわしながら「なんにもなかった」と返信メールを書いているのではないか。ああ、おそろしい。もっとおそろしいのは、こんなことを二十年もくり返している自分である。

この解決法は、ひとつしかない。酒を、飲み過ぎなければいいのだ。記憶がなくなる直前ほどで、烏龍茶《ウーロン》なり水なりに、切り替えればいい話である。

が、それができない。どういうわけだかできない。二十年間もできないまま。自分では意志が強いほうだと思っているし、周囲の人もそう言ってくれる。好きでもないスポーツクラブ通いを、七年続けるくらいの意志力はあるのだ。なのに、「ほどよいところで酒を切り上げる」という、じつにかんたんなことはできないまま二十年。人って不思議だなあ。

じつはこの「覚えていない」問題、私にとって長きにわたる深刻問題だ。一度、実験までしたことがある。泥酔《でいすい》しても帰宅できるのだから、もしかして酔いではなく眠りが記憶をなくさせているのではないか？　と思い、二度ほど、泥酔したまま徹夜してみた。一度は、徹夜の朝方にもはっきりと記憶があり、「ああ、記憶を消すのは酔いではなく眠りだ、だから飲んでいるときには常識的行動をとるくらいの理性はあるはず」と安心したのだが、二度目は、深夜一時から四時までの記憶がさっぱりなく、朝になって思い出せるのはどうがんばっても四時以降だった。この違いは何か、というと、やはり酒量ということになり、あまりにもたくさん飲めばどうあっても記憶はなくなるのだと判明した。二度も徹夜して判明させるほどのことでもなかった。

人生の三分の一は眠りだと言われている。私の場合、人生の五分の一だか六分の一だか、そのくらいの時間は忘却の彼方《かなた》にあると気づいて、愕然《がくぜん》とした。愕然としつつ、忘却し続けている自分は、やっぱりちょっとこわいです。

ついているつもりはないのだが

何が苦手って、嘘《うそ》。ごくまれに、本当に自然に嘘をつく人がいる。さほど意味があると思えないような嘘を、へろっとつく。それで当人は忘れてしまうから、次にその件について訊《き》いたとき、話が合わなくなる。こういう人に「だって前はこう言ったじゃん」と追及すると、嘘がどんどん膨らんで、ものすごいことになる。だから追及してはいけないのだ。

こういう人と話していると、私はいつもこわくなる。何が、というわけではないが、そのなんでもない嘘に、ぞーっとするのである。汚《けが》らわしいものに対する「ぞっ」ではなく、コワイ話を聞いたときの「ぞーっ」である。

ではそんなことを言う私はまったく嘘をつかないのかといえば、つくんだな、これが。しかも、嘘をついているという自覚がないまま、ついている場合が多い。

日常生活や仕事では、嘘は（たぶん）つかない。つじつま合わせが面倒なのと、やっぱりちょっとコワイから。私のつく嘘とは、たとえばこんなふうなこと。

年輩の友人にある料理屋に連れていってもらったところ、その建物がすばらしかった。博識の友人は、酒を飲みつつその建物についてとうとうと説明してくれ、私は感心して聞いたものの、飲んでいるから、感心した片っ端から忘れていく。

後日、別の友人と食事にいくことになって、あ、あのすごい建物の料理屋にいこうと思いつき、この建物の説明を友人にはじめる。「どこそこにある店でね、建物がすごいの、何百年も昔に建てられた木造建築で、それがそのまま現存してお店になっていて、重要文化財に指定されてる」などと。

それを聞いた友人、ぜひいきたいと興味を示し、場所など調べるためにインターネットで店を検索する。そして私に言うのである。

「何百年もたってないじゃん。重要文化財でもないじゃん。古いは古いけど、でも大正時代に建てられて、幾度も改築してるって。去年も改築したばっかりだって」

私の友人にした説明のなかで、嘘ではないのは「木造建築」だけだったのである。

でも、私には嘘をついているという自覚がない。築年数から重要文化財に至るまで、その建物を見たときの私の「感想」なのである。うわー、何百年もたってそう、うわー、重要文化財って感じ、というまごうことなき感想。最初にその店に連れていってくれた人の説明も、飲んでいるからきれいに忘れているが、「なんかすごいんだ」ということだけ、覚えている。それが、自身の感想に現実味をつけ加え、人に平気で話してしまうのである。

「昨日の夜、近所の公園でヤンバルクイナを見たの（もちろん見たのは別の野鳥）」「某さんはミス日本に選ばれたくらいの美人（実際はミス日本に応募すらしたことがない）」などと、しょっちゅう言っているが、こんなくだらない嘘でも、ある種の人をぞーっとさせていないとはいえないな、と書いていて思った。ちょっと反省。

暮

年相応の格好が、できない

家計簿をつけていますか

私はつけています。家計簿。

今から十数年前、金銭的に逼迫《ひっぱく》する予感があり、家計簿をつければその逼迫を回避できると信じこみ、つけはじめたのが習慣と化し、今でもつけている。毎日。

家計簿は、経済的逼迫を回避できるのか。私は回避できたのか。結果的にいえば、答えは否《いな》である。食べたものをただ記録するだけで痩《や》せることがないのと同じく、つかったお金をしこしこ書きこむだけでは、お金は貯《た》まらないし増えない。よく、節約術の記事など読んでいると、「家計簿をつけることで支出入に自覚的になれる」などと書かれているが、意識して自覚的にならなければ、ただのメモとおんなじなのである。レコーディングダイエットを成功させるには、正直さと、反省と、計画と、意志の力が必要になるのと同様、家計簿で家計を潤《うるお》そうとするのにもそれ相応の努力が必要なのだ。

スパッツふたたび

冬に、この欄でスパッツのことを書いた。スパッツ大流行に便乗してみた、という話である。

あれ、防寒具を兼ねているとばかり思っていたら、夏になってもみなさんはいていらっしゃるじゃないですか、スパッツ。若い子ばかりでなく、三十代の人もはいていますね、くるぶし丈のスパッツを。

私はめったにファッション誌を開かないのだが、先だって美容院でまじまじと読んでいたら、スパッツはスパッツでなく、レギンス、というのだと書いてあった。私は混乱した。スパッツとレギンスとは異なるものなのか。違いは何か。スパッツのどことなください感じを払拭《ふっしょく》するための新語なのか、レギンスは。

まったくわからないことだらけなのだが、町ゆく人の格好を見ているうち、またしても私は欲しくなったのである、防寒具ではないスパッツだかレギンスだかを。

「欲しい」と思うやいなや、いちばん近所のファッションビルの、若い女の子ばかりが買い物している店に向かい、「あのー、えーと、スパッツっていうか、スカートの下にみんなはいている……」としどろもどろに説明し（レギンス、という新語をどうしても使うことができない）、「ああ、ありますよ」と若い店員さんが出してきてくれたスパッツだかレギンスだかを、買った。

じつのところ、夏のくそ暑いときに、なぜこんなタイツみたいなものをはかねばならんのか、さっぱりわからないのである。でもはきたい。みんなはいているからはきたい。なんかかわいいからはきたい。こういうの、なんていうんだっけ。付和雷同？烏合《うごう》の衆？　まあ、いいのだそれでも。思想のない人生、万歳である。

ちょうど膝《ひざ》上の夏用ワンピースが家にあり、膝上の丈はもう素足で着られる年齢ではないし、買ったばかりのスパッツを合わせてみた。うんうん、なるほど、町を歩く女性たちと似たような格好になった。私、お洒落《しゃれ》かもしれない。と思って、そのまま外出したのだが、通りすがりの店のウィンドウに映る自分を見て、「はて」と私は思った。「はて、この感じ、どこかで見たことがある」と。

そう、すとんとした膝上のワンピースに、黒いスパッツをはいた私は、どう見ても妊婦さんなのである。「あー、妊婦さんっぽいのかー」と納得したものの、なんだか気持ちがざわざわとする。みんなワンピース＋スパッツでお洒落になるのに、なぜ私の場合、ワンピース＋スパッツで妊婦になるのだろう。

着替えに帰るわけにもいかないし、私はそのまま電車に乗ったのだが、乗っているあいだじゅう、「どうかだれも私に席を譲ったりしないで」と心のなかで祈っていた。

でもいいんです。買ったんだからはくんです。流行が終わるまで、どんなに暑くとも、妊婦風でも、はくんですスパッツ。いえレギンス。

食(二)

つまるところ愛なんじゃないかと思う

愛せるものと、愛せないもの

私、子どものころ、贔屓《ひいき》をする先生が大ッ嫌いで（自分が贔屓されなかったから）、大人なのに贔屓をするなんてだめじゃん、と思っていた。

料理をしているとき、ふとそのことを思い出す。そして、贔屓ってしょうがないよね、大人だから贔屓しちゃうんだよね、と、あのころの私が聞いたら怒りだしそうなことを思ったりする。

なぜかといえば、私にはどうも、贔屓している食材と、贔屓できない食材があるのである。当然、贔屓できる＝愛せる食材を使った料理は成功率が高い。贔屓できない＝愛せない食材の料理は、どうがんばってもたいがい失敗する。

たとえば私は豚肉を愛している。すべての食材のなかでもっとも愛している。だから、豚肉を使った料理に失敗がまったくない。生姜《しょうが》焼きだろうがカツだろうが、みずから考え出した名を持たぬ珍妙な料理ですら、豚肉主体であれば、完璧《かんぺき》にうまくできる。

逆にあまり愛を感じないものは緑黄色野菜だが、これを豚肉と組み合わせて調理すれば、豚肉への愛ゆえに、かなりの成功率になる。が、緑黄色野菜のみで調理するとたいていまずいものができあがる。

私がもっとも贔屓できない、愛の薄いものは何かといえば菓子類。ケーキとかクッキーである。一度、「だれでもかんたんに作れる」と冠のついたチョコレートケーキを作ってみたことがあるが、惨憺《さんたん》たる結果になった。おいしいとか、まずいとかいう段階ですらなかった。もっといえば、食物ではなかった。

これは思うに、ケーキ類をあまり好んで食べない→おいしい・おいしくないの基準があいまい→おいしく作ろうという向上心がない→計量・手順などをなめてかかる→激まずチョコレートケーキができる→買ったもののほうが安くてうまいという安易な結論を出す→が、好きではないのでめったに買わない→成長がない、ということなのだと思う。

得意料理という言葉があるけれど、それはつまるところ、もっとも贔屓にしている食材は何か、ということなのではないか。私の友人たちの夫は、なぜか得意料理がカレーという人が多いのだが、そういや、男ってたいていカレーを愛しているものな。

彼らはカレーを愛するあまり、カレーを作るのがうまくなったのであろう。

料理がうまいとかへたとかいうけれども、これは才能ではなくって、つまるところ愛なんじゃないかと私は思う。愛情料理という言葉、ぞぞっとするくらい嫌いなのだが、でも、家族への愛ではなく、食べものへの愛情なのかと理解すれば、なるほどねえ、と思うのである。豚に対する愛情料理。うん、ものすごく納得できる。

鍋《なべ》の威力

かつて私は土鍋を愛用していたが、あの、カセットコンロというものがどうも好きになれなかった。こわいのだ、ガスの詰まった容器を触るのが。それで、友人から引越祝いにホットプレートをもらった際、「もう土鍋を使うこともなかろう」と、カセットコンロは知人に譲り、鍋は処分してしまった。

それからかれこれ十数年。今まで、水炊《た》きもキムチ鍋もすき焼きもみんなホットプレートで作ってきた。湯豆腐はアルミ鍋。おでんは寸胴《ずんどう》鍋。土鍋は私の人生に再登場しないはずだった。

が。ある日家に帰るとひとり用の土鍋が台所にある。家人が買ったものらしい。その土鍋をつかってみたくて、湯豆腐を作ってみた。そして私は衝撃を受けた。

湯豆腐が、べらぼうにおいしいのである。昆布と豆腐とねぎが入っただけの料理が、仰天するくらいおいしいのである！　私が加齢したから湯豆腐愛に目覚めたのか、それとも土鍋の底力だろうか……。私はしばし悩み、数日後、その小土鍋で鶏団子《とり》と白菜の鍋を作ってみた。そしてまたもや仰天。アルミの鍋やホットプレートの鍋が、いったいなんだったのかと不安に思うほど、おいしくできた。しかもそのあと、雑炊を作ってみたところ、できあがりの時間も早いしうまさもまた格別。これはもう、土鍋の底力を認めねばいかん。

ねばいかん。ねばいかん。そうつぶやきつつ、私は百貨店の食器コーナーをうろつき、ひとり用ならぬ四、五人用の八号土鍋を買い求めた。今はカセットコンロに頼らずとも、卓上ＩＨ調理器というたのもしい味方もいる。あれならこわくない。ＩＨ用の土鍋もたくさんある。

このようにして私の人生に土鍋は舞い戻ってきたのである。

それにしても土鍋はすごい。いわゆる鍋料理は、やっぱり土鍋で作らないと本領が発揮されないと思い知らされた。

再登場の土鍋で、私が最初に作った料理はカレー鍋。初《しょ》っぱなからカレーってのもどうか、さらっぴんの鍋ににおいがしみつくのではないか。以後作る水炊きや豆乳鍋にほんのりカレー臭が漂うのではないか。と不安はないでもなかったが、でも、カレー鍋って今はやっているでしょう。テレビや雑誌でよく、とりあげられているでしょう。あれ、見るたび、私は斜に構え、けっ、カレー鍋がまずいはずがなかろう、なかろうが、目んたまをひんむくほどおいしくはないだろうよ、などと思っていたのだが、じつはむくむくと作りたい欲が高まっていたのである。あれならだれが作っても失敗はなさそうだし。

で、カレー鍋。たしかにおいしかった。土鍋万歳である。しかしやっぱり、きれいに洗った土鍋からはほんのりカレー臭が漂うのであった。

ちなみに、カレー鍋にウインナを入れるとたいへんおいしいです。

弁当熱

待ち合わせまで余裕があり、時間つぶしに雑貨屋に入った。新学期が近い時期だったため、雑貨屋にはわざわざコーナーまで作られて、弁当箱が並んでいた。なんとなく眺めているうち、だんだんと、じわじわと、弁当熱が高まってきた。

弁当熱。三年に一回くらい、私は弁当熱に見舞われる。弁当を作りたくて作りたくて、たまらなくなるのである。

弁当を作りたい、というのはまったく不思議な心持ちだと思う。小学校から大学一年の途中、私が「弁当はもういりません」と宣言するまで、平日は毎日弁当を作り続けていた母みたいな人からしてみれば、「生ぬるいことを言うんじゃないっ」と叱《しか》りたくなるようなことなのだろうが、イベントとして、突如弁当を作りたくなるのである。

弁当熱に浮かされたとき、実際私は弁当を作る。早起きして、にぎりめしを作ったり、コロッケを揚げたりするのである。そのときは高揚している。昼、食べる段になってもうれしい。見せる人もおらず、ひとりで食べるのだとしてもうれしい。

翌日もまた作る。が、前日ほどの高揚はない。さらにその翌日は、かんたんなものしか弁当に入れない。そして昼、弁当箱のふたを開けるのもさほどうれしくない。だってなかに何が入っているか、もう知っているんだもん。それでも、はじめてしまった意地で、弁当作りはやめられず、嫌々ながら早起きし、昨日の残りのおかずを詰めて、昼、はたと「なんでひとりで冷や飯食ってるんだ。世のなかにはおいしいものがたくさんあるのに」と、悟ったような気持ちで思い、弁当作り終了。

いつもそのように弁当熱が冷めることを思い出し、幾多の弁当箱を眺めつつ、「だから買ってはだめ」「弁当箱買ってはだめ」と自身に言い聞かせた。わくわくと作りはじめたって、一週間で嫌になるのだ。しかもその一週間、弁当作りのために寝不足になる。わかりきっているんだ、そんなことは！

しかし、私は負けた。突発的な弁当熱に負け、ふらふらと弁当箱を買い求めていた。買ってみればやっぱり、うれしいのである。しかも今の弁当箱はたいへんにかわいらしい。私が学生のころは、こんなにかわいい弁当箱はなかった。いや、あったのかもしれないが、当時大食いだった私は、巨大なタッパーウェアみたいな弁当箱を用いていた。かわいい弁当箱を買ってしまった理由のひとつには、そのころの反動もあったのかもしれない。

そして翌日、弁当用にごはんを炊《た》いたはいいものの、おかずを作るのはさすがに面倒だった。「いいや、ごはんだけで」と、真新しい弁当箱にごはんだけ詰め、仕事場に向かった。昼、近所の総菜屋でおかずだけ買ってきて、ひとりもそもそと食べた。果たして、弁当箱を買った意味はあるのか否《いな》か、極力考えないようにして。

だってこんなにかわいいんだもの！

口のなかの違和感

口のなかの違和感に弱い。

私が長いこと青魚を食べなかったのは、小骨があまりにも多すぎるからである。三十歳を過ぎて食べるようになったが、鰯《いわし》など、味は好きなのだが、食べる前に未《ま》だちょっと身構える。

アサリや蛤《はまぐり》のような二枚貝を、やっぱり長いこと食べなかったのは、砂が入っていることがあるから。これまた三十歳を過ぎてふつうに食べるようになったし、おいしいと思うが、未《いま》だに食べるとき「砂が入っていませんように」と、だれにたいしてか、ちょこっと祈る。それから、外食の際ボンゴレスパゲティを未だかつて一度も注文したことがない。砂の恐怖に加え、殻の恐怖もあるからだ。

卵を割るとき、片手で割ったりしないのは、そんなふうに割って卵の殻が入ってしまうのがいやだからだし、毛蟹《けがに》よりたらばのほうが好きなのは、味ではなくて毛蟹の毛が身といっしょに口に入るのがいやなのである。

もうとにかく、どんな小片でも、食べものではない異物が口のなかに入るのがいや。「いや」というこの感じは、嫌悪《けんお》でなくて、傷つくのに似ている。ザリッ、と口のなかで音がすると、私はずいぶん傷つく。落ち込みもする。つらい。

先だって友人とごはんを食べていたら、友人の口元から「ジャキッ」と大きな音がした。彼女が食べていたのは春巻。異物の入る余地のない食べものである。私はその音に飛び上がり、すでに傷つきながら、「だいじょうぶ？　ここまで音聞こえたんだから、あなたはもっとおっきな音が聞こえたでしょ、びっくりしたよね、いやだよね、口のなかのもの出していいよ、出して見たらいいよ、何が入ってたのか見たらいいよ」とぎゃんぎゃん騒ぎ、言われるままおとなしく口のなかのものを皿の隅に出して検分している友人に向かって、「もう残りを食べるのいやだよね、私の料理を食べな、春巻なんかもう食べなくていいよ」とあまりに傷ついたために早口になって言いまくったのだが、友人、のんびりと「何が入ってたのかわかんないや」と言って続きを食べはじめた。

「傷ついてないの？」と訊《き》くと、「私、意外にこういうのはだいじょうぶなの」と、笑顔。大げさに聞こえるかもしれないが、私は心の底からこの友人を尊敬した。口のなかの異物をものともしない大物、と思ったのである。

私の好物は肉なのだが、あるときトークショーで、「肉のどういうところが好きなんですか？」と訊かれた。予想していなかった質問にたじろぎ、（どういうところっておいしいところだが、おいしいところなんて答えはなんにも答えていないようなものだし、お金をいただいてトークショーなどしているのだからもっとまっとうなことを言わないといかん）とめまぐるしく考え、ピコーンと閃《ひらめ》き、「小骨や殻がないところ」と答えた。そうだ、肉には「ジャリ」も「ガリッ」もない。その安心感を私は好きなのだ。しかし質問の主は目を丸くして、「いろんなことを考える人がいるんですね」と言った。……え、みんなそう思ってますよねえ？

小骨がない幸福のホルモンセット。

スイーツ音痴

ときどき、絵や美術なんてまったく興味ないのに、「この絵は二億円の価値」などと聞くと俄然《がぜん》見なきゃ、見なきゃ、ってなる人いますね。オカンたちに多かったりしますね。

私、ある分野に関してはまったくそんな感じ。ある分野というのはスイーツ。スイーツというものにまったく興味がない。しかも、スイーツ、何その呼び名?と思う。甘もんでしょ、甘もん。スイーツって言葉自体、なんだか恥ずかしくて発語できない。

そんな私に、ときおり親切な人がスイーツをくれるのである。「スイーツ、おきらいでしたっけ」とたおやかにほほえみながら。「いえ、食べます、食べることもあるんです」と私もつられて笑顔で答える。甘もんより、煎餅《せんべい》などのショッパ系が好きな私であるが、甘もんだって食べるには食べる。仕事中、突然低血糖状態になって目の前が真っ暗になったり、よくするので、糖分補給用にチョコや飴《あめ》玉はいつも常備されている。まったく色気のない話である。安価なコンビニ菓子しか補給していない私に、スイーツの価値などまったくわからん。

そもそも甘もんに価値の有無が存在すること自体、知らなかった。以前、ケーキを大量にいただいたことがあって、ありがたさよりも量の多さへのとまどいのほうが大きく、そもそもひとりでいくつも食べるほど好きじゃないし、でも捨てるのもしのびないし、とさんざん悩み、はたと思いついて近所に住む家族持ちの友人に電話し、大半を勝手にお裾《すそ》分《わ》けさせてもらった。するとこの友人、なんと甘ものプロフェッショナルだったらしく、「え、これ本当にもらっていいの、ここのケーキは今行列しないと買えないの、クリームはどこそこから小麦粉はどこそこから直接仕入れていて全素材オーガニックで……」と、とうとう説明が続いたのである。

このとき私は件《くだん》のオカン状態。（え、そんなにすごいもんだったの。なのに私ったらよく味わわずに食べちゃった。もっとおいしいって実感すればよかった。っていうかそんなにすごいもんだったの、ちっとも知らなかった。知っていたらもっと味わって……）と心中で延々リピート。私の心の声を聞き取ったのか、友人、はたと心配そうな顔になり、「これぜんぶくれちゃって後悔しない？　もう少し自分にもとっておけば？」と、袋を差し出してくれる。オカン心を見抜かれた恥ずかしさのあまり「いーのいーの、私はもう食べたから！」と言いつつ、早急にその場を立ち去った。

そしてこのとき思った。豚に真珠という言葉があるが、まさに私にスイーツ。どんなたいへんな思いをして入手してくださっても、そのたいへんぶりを説明してもらわないことには、駄菓子を食べるようになんの感慨もなく食べる。スイーツもそんな私に食らわれるのは気の毒である。件の友人のような価値のわかる人にしみじみ味わってもらいたいと、何よりスイーツ自身が思っていることであろう。

しかしスイーツ界、ずいぶんと奥が深いのだなと、最近になってようやく知った次第である。

低血糖対策のコンビニチョコです。

目覚める

それまで存在意義がよくわからなかったものが、あるとき急に、むくむくと意味を持ってたちあらわれる、ということが、ありませんか。まどろっこしい言い方ですみません。単純にいえば、それまで、「なまこって気持ちワル〜」と言っていたのに、あるときピカーッと電球が灯《とも》るように「なまこ、おいしいじゃん！」と目覚めるようなこと。

私は偏食児童だったので、食に関してこういうことがじつに多い。椎茸《しいたけ》も、ブロッコリーも、牡蠣《かき》も、秋刀魚《さんま》ですらも、なぜそれが世のなかに存在し、なぜ私たちが食べなくてはならないのか、よくわからなかった。だから食べなかった。三十歳のとき、事情があって偏食を一掃したのだが、そのうちいくつかには、「食べられるけど、べつに食べなくてもいいや」くらいの感想しか持たなかったのだが、でもいくつかには、「こんなにうまかったのけ！」と、まさに目覚めた。

昨今多いのは、アルコールと食べ物の組み合わせの目覚めである。

ふだん私が飲むものは、たいてい赤ワインか焼酎《しょうちゅう》で、それはなぜかといえば二日酔いが比較的軽いからだ。味は二の次。そもそも、なぜ肉には赤ワインなのかもよくわかっていなかった。

それがですね、数年前、友人たちと河原でバーベキューをしたときのこと。人数が多かったので、安価な肉と安価なワインを大量に買いこみ、肉を食べてワインを飲んで騒いでいたのだが、その安肉安ワインで、私はピカーッと目覚めた。「肉には赤ワイン」の、その醍醐味《だいごみ》というか、組み合わせの妙が、五臓六腑《ごぞうろっぷ》に染《し》みわたって理解できたのである。「肉には赤ワイン！　赤ワインには肉！」と、以後、スローガンのごとく言い続けているが、もちろんみんなそんなことは当然だと思っているので、あのときの私の感動はなかなか伝わりにくい。泣きそうなほどの感激だったんだけどなあ。

そして先週、またしても私に目覚めが訪れた。

それは熱燗《あつかん》と蕎麦《そば》である。知人たち十人ほどで温泉にいったのだが、途中、蕎麦屋に寄って熱燗と板わさ、ざる蕎麦をみんなで注文した。このメンバーの平均年齢は六十歳ほどとたいへん高齢チームなのだが、みな熱燗好き、蕎麦好きなのである。

このメンバーで幾度も温泉にきているが、今まで熱燗にも蕎麦にも、なんの感想もなかった。お湯にうどんでもべつにかまわないくらいだった。それが、その日唐突に、「熱燗うまいッ！　蕎麦うまいッ！　合わせ技がすばらしいッ！」と、またピカーッと目覚めてしまった。生きててよかった、と思うほどであった。

　こうなるともう、あとには引けないんですな。これから私はずっと、蕎麦屋にいけば熱燗を頼み続けるだろう。「やっぱり蕎麦はざる、酒は熱燗で……」とひとしきり自分の感動を語るのだろうが、年若い人にしてみれば、それがうざい蘊蓄《うんちく》ってことになってしまうんだろうか。ちょっと心配。

目覚めた温泉旅行。

ヤドカリくんのこと

先だって、野菜について習う、という取材仕事があり、野菜にたいへん詳しい青果業の方にお話を伺った。じつにためになる話だったのだが、それはさておき、この方、帰りに「これあげるからもっていきなよ」と、おみやげをくれた。

受け取って、「ヒ」と思った。いや、実際声に出していたかも。見たことのない野菜である。野菜というより深海に眠る何かみたい。かたちはカリフラワー。けれどあの白いぼこぼこ部分が、薄黄緑の巻き貝みたいになっている。ぎっちりと整列した無数の巻き貝。その薄黄緑色がまた、野菜らしくないというか、吸いこまれるような静かな緑。なのに、巻き貝の先端が尖《とが》っているから、妙に攻撃的にも見える。静かな戦闘意欲、とでも呼びたくなるような風情《ふぜい》。

カリフラワーとブロッコリーを掛け合わせた、新種の野菜らしい。「ヤドカリくん。あだ名だけど」と、青果店の方は笑っている。あだ名って……ヤドカリって……。

帰ってから調べてみると、ロマネスコ、というのが正式名称らしい。ブロッコリーやカリフラワーのように茹《ゆ》でて食べればいいという。ちなみに、野菜の取材で学んだのだが、ヤドカリくんもブロッコリーもカリフラワーも、切ってから茹でるより、まるごと茹でて切り分けたほうがおいしいのだとか。習ったとおり、ヤドカリくんのおしりに十字の切り込みを深く入れ、おしりを下にして丸ごと茹でる。ころ合いを見てひっくり返す。十字が開いてきたら、茹で上がり。

じつは私には唯一《ゆいいつ》食べられない野菜があって、それはカリフラワー。ブロッコリーは平気だけれど、カリフラワーはだめなのだ。このヤドカリくんはどうだろう……とどきどきしつつ、切り分け、グラタン皿に並べてオリーブオイルと塩を少しかけ、チーズをのせて焼いてみた。チーズをのせたのは、もし味・食感がまんまカリフラワーだったときのため、チーズの味で乗り切ろうという安全策である。

こんがり焼けたチーズがけヤドカリくんを、食す。ふうむ。ブロッコリーのあの青くさいような味がなく、ほのかに甘みがあって、さっぱりしている。ほろほろした食感はカリフラワーに似ている気がするが、あのカリフラワー独特の「もさーっ」としたところがないので、カリフラワーが苦手な私にもさほど抵抗はない。なかなかおいしいかもしれない、ヤドカリくん。

新種の野菜は、調理法がわからないから買うのに抵抗があるが、けっこうたのしいものだと発見。ヤドカリくんの場合、ただのグリルでもおいしそうだし、明太《めんたい》マヨサラダでも合うだろう。ベーコンと炒《いた》めてもいいかも。と、夢と野望が広がる。

新種の野菜ではないけれど、近ごろ八百屋さんの店頭でよく見られるようになったターサイ、あれ、ヤドカリくんと同じくはじめて見たとき「ヒ」と思った。あの、ばーんと開いた感じがこわくて、なかなか手に取れなかったのだが、ヤドカリくんに背を押された今、買ってみようかな……。

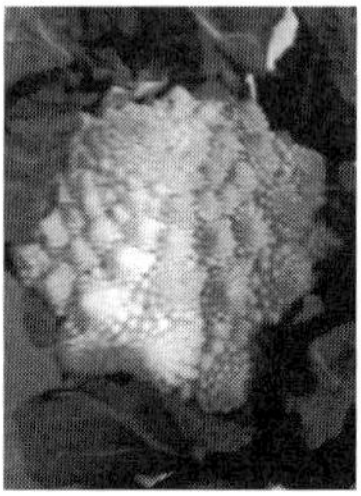

これがヤドカリくん。
衝撃でした。

アスパラガスのこと

お取り寄せがはやりだしてからずいぶん久しい。私も友人に勧められたり、突発的に「蟹《かに》！」とか「ラム！」とか思い立ったりして、食材を取り寄せることはあるが、熱心な取り寄せ派では決してない。失敗がこわいのだ。「せっかく取り寄せたのに、これじゃあ近所の魚屋のほうがおいしいよ」というような事態に、ぜっっったいになりたくないのである。小心者なのだ。

そんな私が、唯一《ゆいいつ》、これだきゃあ毎年取り寄せる、というものがある。それはアスパラガス。

北海道からの取り寄せになるのだが、時期が限定されている。六月の、ほんの一時期なのだ。この一時期を忘れてしまうと、もう入手不可っていうくらい、北海道のアスパラ適齢期は短い。だから私は、六月に入るたび、「アスパラ、忘れまいアスパラ」と神経をとがらせている。

アスパラガスは近所の八百屋さんで買ってもふつうにおいしいが、しかし、北海道のものは「おいしい」という言葉が割に合わないくらい、すばらしいのだ。やわらかく甘くみずみずしい。惚《ほ》れ惚《ぼ》れする。あれこれ調理するのがもったいないくらいにおいしいので、茹《ゆ》でて塩だけでばくばくと食べる。うっとり。

北海道アスパラガスの威力を思い知ったのは、札幌の居酒屋でだった。札幌旅行をした折り、ウニも蟹もいくらもイカもラーメンもすばらしかったが、私がもっとも感動したのは居酒屋のなんでもないメニュウである。じゃがバター、コーンバター、ほっけ、……そしてアスパラガス!!

じゃがバターもコーンバターもほっけもアスパラガスも、東京の居酒屋では、もうどうでもいい扱いである。「べつに邪魔にならないし、箸休《はしやす》めにだれか食べるだろうからたのんどけば？」というくらいの扱いしか受けていないのである。それらが北海道の居酒屋では、「ははーっ」と頭を低くしたくなるくらいのおいしさ。私はね、つくづく思いましたよ。これがじゃが芋であるのなら、私が今まで食べてきたものはじゃが芋と似て非なる何かだったのだろう。これがアスパラガスであるのなら、私が食べてきたのは正式名称ノスパラララスとかなんとかいう、別種の野菜であったのだろう、とね。

かくして毎年六月になると、「アスパラガスの季節！」と私は目を輝かせ、時期を逃さないようにして取り寄せている。今年ももちろん取り寄せた。緑と白のアスパラガスを。

白のアスパラガスに至っては、だまされていたとしか思えませんね。私が子どものころ、白アスパラといえば缶入りしかなかった。けっこういい年になって、イタリア料理屋ではじめて食べたときは「んまっ」と目を見はった。でもこれ、レストランじゃなきゃ食べられないんだろうなあ、と思っていたが、今ではきちんと取り寄せ可能なのだ。白アスパラは調理が面倒そうと思いこんでいたが、そんなことはない。酒をふりかけてグリルで焼くだけでも、すばらしくおいしい。

けっこうな量の白緑アスパラを、今年も数日で食べ尽くしてしまった。あぁー、はやく来年の六月にならないかなあ、と思うのは、気が早すぎますでしょうか。

在りし日のアスパラ。

自慢……になっているか？

料理を覚えたのがかなり遅い私には、レシピコンプレックスとでも名づけたい劣等感がある。レシピを見ればなんだって作れるが、しかしレシピがないとたんに心細くなるのである。早いうちから料理をしていた友人を見ていると、冷蔵庫にあるもので、じつにぱぱっと独創的な料理を作る。ちゃんとおいしい。それが、私にはできない。

最近になって、こわごわとだが、レシピなしの独創料理を作るようになった。献立ぜんぶをそうするほどの勇気はまだない。それが失敗してもほかの品があればよいだろうと、一品か二品、作ってみる。

これが成功すると、コンプレックスの反動で、もう鼻高々である。私って料理の天才かもしれないと思い、独創料理のレシピを書き留めておきたくなる。頼まれてもいないのに、友人に作り方をメールしたりする。もちろん失敗もある。そういうときは

「なはは」とひとりで笑い、またしてもレシピ本に頼りっきりになる。

　夏に、冷製スープの詰め合わせをいただいた。かぼちゃ、じゃがいも、コンソメと三種類。こういう詰め合わせの常として、かぼちゃとじゃがいものスープはすぐになくなるが、もっともオーソドックスなコンソメが余る。うーん、コンソメ、何か別の料理に使えないかなあ、と仕事をしながらぼんやり考えていた私は、はたとひらめいた。コンソメジュレという名のしろものがたしかあったよな。サラダなどの冷たい料理に、はらーっとかかった美しいもの。あれ、作れないだろうか。

　こうなると仕事そっちのけで、そのことばかり考える。固めればいいのだから、ゼリーを作るときに使う寒天か何かを混ぜればいいのだろう。冷蔵庫にトマトがあったから、トマトとアボカドのサラダにして、それに黄金色のコンソメジュレをかけたらどうか。ああ、私の料理に「コンソメジュレ」なんて洒落《しゃれ》た名前のメニュウが登場する日がくるなんて！　さっそくパソコンの前を離れ、近所の乾物屋で粉末の寒天とアボカドを買った。自宅に戻り、寒天を湯にとかし、温めたコンソメに加えて冷やし、ソースとして用いるのだからと少しばかり塩を足し、生ぬるくなったところで冷蔵庫へ。固まるあいだにほかの献立を作る。作っているあいだも、わくわくと幾度も冷蔵庫を開け、黄金色の液体が固まっているかいないかチェックする。

そしてめでたくできたのである、コンソメジュレ！　なんとかんたん、なんと華やか、なんとおいしい。でも、いただいたコンソメスープがなくなったらもう作れないのか……としょんぼりしていた私は、はたと気づいた。コンソメキューブで作ればいいんじゃん！　こういうところにぱっと頭がまわらないところが、なんというか、レシピコンプレックスだよなあ。

みなさんお気づきのことと思いますが、これはみずから考案した「家で余っているコンソメスープを使って独自にジュレを作った自慢話」である。……のだが、インターネットで調べてみたら、じつに多くの人がとっくに作り、ジュレを使ったいろんなレシピを公開していた。私の独創料理でもなんでもなかったのである。くうう。

辛さと恥ずかしさ

辛い料理が好きである。人が驚くくらいの辛さのものが、好きである。

辛さに目覚めたのは今から十八年前。タイを旅して、プリッキーヌという緑色の唐辛子のおいしさを、はじめて知ったのである。とはいえ、そのころはおいしいと思うものの、さほど辛いものは食べられなかった。そんな折り、友人が、「舌には味蕾《みらい》というものがあって、辛いものを食べれば食べるだけ、これがつぶれる。味蕾がつぶれるとどんどん辛いものが食べられるのだ」という話をしてくれた。嘘《うそ》か本当か知らないが、なるほど、と思った私は、以来、味蕾をつぶすべく、辛さ度合いを上げていった。

辛さにたいする舌は、まさに柔道や書道の「段」のようである。ある辛さをクリアすれば、もっと辛いものが食べられる。辛→大辛→激辛と、進んでいくのである。そして私は、友人が眉《まゆ》をひそめるくらいの辛いもの好きになってしまった。

しかし、辛いものを好きだと言うことは、恥ずかしい。甘いものが好き、とか、酸《す》っぱいものが好き、とは違うニュアンスがある。たとえばの話。たまにいく中華料理屋に、激辛のたんたん麺《めん》がある。見かけがすさまじい。どす黒く見えるほど真っ赤なのである。そしてこれが、本当においしい。私はこの店では、このたんたん麺しか食べない。しかしこのたんたん麺が、カウンターに座る私の前に置かれると、両隣の客が引くのが空気でわかる。「げ」という声まで聞こえそうである。（この女、これ食うのかよ）という空気がびんびん伝わってくる。食べはじめても、ちらちら見られているのがわかる。すごく恥ずかしい。縮こまるようにして食べる。

この恥ずかしい感じ、大食いの人と似ているのではないか。それが職業だったり特技だったりするわけではない場合、大食いの人はいつも恥ずかしい思いをしている気がする。ダブル大盛りみたいな料理を頼んで、ちらちらと人の視線を浴びながら完食するのは恥ずかしいに違いない。しかも何人かは（無理しちゃって）とか（あーあ、がんばっちゃって）みたいな目線で見ていたりする。辛いものも然《しか》り。私が激辛を頼んで食べはじめると、友人の何人かは「無理しなくていいんだよ」と言う。無理なんかしていないのに！　好きで食べているだけなのに！

私がごくたまにお弁当を買いにいくチェーン店のカレー屋さんでは、辛さが段階分けされていて、十段階まで選べる。私は辛さ十をいつも注文するのだが、辛さ十を頼む人は少ないのか、なかなかまっすぐ伝わらない。「五ですか？」「え？　辛さ何ですか？」と、必ず訊《き》き返される。その都度私は「辛さ十です」と繰り返さねばならないのだが、これがもう、恥ずかしいったらない。

しかしかなしいことに、辛いものに慣れてしまった舌には、「辛いはずなのに辛くない料理」は耐えられないのである。もちろん、辛くないはずの料理は、ふつうに辛くないまま食べます。

私の愛する餅《もち》

私は餅が好きである。餅ってなんでこんなにおいしいんだろう、と、餅を食べるたび思う。こんなふうに伸びる食べものを、いったいどこのだれが思いついたのか。なんとすばらしい食べものだろうと、誇張なく思う。磯辺《いそべ》焼きにしてもおいしいし、雑煮にしてもおいしい。

主食が白米でなく餅でもいいくらいの餅好きだが、しかしふだんは餅を食べない。あまりに好きなので、食べやめられないのがこわいから、遠ざけている。それはたとえてみれば、好きな男の子に、好きだという激情のまま会いにいってべたべたして、生活が破綻《はたん》するのがこわい、というような気持ちである。

お正月は餅を好きなだけ食べていいと、自身のなかで決めている。お正月が近づくと、だから私は「ああ、餅がもうじき食べられる」と思うのである。

この餅好きは遺伝かもしれない。私の母も餅が好きだった。好きなあまり、餅つき機を買って、しょっちゅう餅を作っていた。年末になると母から餅がどーんと送られてきた。

母が亡《な》くなってしまい、餅は自分で買わなくてはならなくなった。師走《しわす》の町を、餅を求めてさまよい、米屋で買ったり、和菓子屋で買ったりするようになった。

今住んでいる町には、なんと餅屋がある。つきたての餅や餅菓子を売っている。この餅屋を見つけたとき、私は万歳をしたいくらいうれしかった。が、ふだんは横目でちらちら見ながら通り過ぎている。正月だ、正月までの我慢だ、と思いつつ。

そして待ちに待った大晦日《おおみそか》、私はここで餅を大量に買い、冷凍する。そして正月休みに食べ尽くすのである。お正月っていいなあ、餅が存分に食べられて。そう思いながら。

冷凍した最後の餅がなくなるころ、私の正月休みも終わる。明日から仕事だ、と思いつつ最後の餅を食べる。餅ともとうぶんお別れである。

子どものころは、お正月が終わると母が鏡餅を乾燥させて揚げ餅を作ってくれた。この菓子のことも私は愛しているのだが、なかなか作ろうという気になれない。おいしさより面倒くささのほうがまさってしまう。だからもうずいぶん、揚げ餅は食べていない。

　十二月に入ると、お節《せち》料理のちらしが目につくようになる。スーパーでもデパートでも、さまざまな値段のお節料理を売っている。お節料理を作らない私はちらしをうっとりと眺め、今年は買ってみようかなあ、などと毎年考えている。しかしながら、一万円だの二万円だの三万円だののお節料理を見ているうち、わけがわからなくなってきて、いいや餅があるもん、と結論を出し、お節料理は結局買ったことがない。餅さえあれば私のお正月は完璧《かんぺき》なのだ。餅、私にこんなに愛されているなんて、思ってもいないだろうなあ。

自己崩壊の危機!?

二十代のころから、担当編集者や年長の友人が、「味覚が変わった」と話すのを、うんざりするくらい聞いてきた。曰《いわ》く、肉が食べられなくなった、脂身《あぶらみ》がきつくなった、煮魚をおいしいと思うようになった、マグロより白身魚を食べたくなった、野菜だけで満足するようになった……。「こってりよりあっさり」「肉より魚」「洋食より和食」、つまり「不健康から健康」な食が口に合うようになったという話である。だれも彼も、そんなことを嬉々《きき》として話していた。

若き私はそれを聞きながら、不安を覚えていた。もし自分が加齢して、今大好きなものを食べられなくなる日がきたら、どうしよう。私が好きなもの、イコール肉と油(脂)である。ロースよりカルビ、豚ヒレ肉より豚バラ肉、あとは各種揚げもの。年長の人たちの言う「白身魚」「煮魚」「野菜」などは半ば義務で食べるが、ちっとも好きではなかった。私は健康食より不健康食がどうしようもなく好きなのだ。それが、ただ加齢しただけで、好きなものを食べられなくなり、好きでもない健康食ばかり食べるようになったらどうしよう。そんな味気ない食生活に耐えられるだろうか私。自然とそうなるらしいから、もしかしたら不健康食をなつかしくは思わないのかもしれない、でも、そんなのもさみしい、健康食を好む自分なんて自分じゃないみたいでかなしい、と、肉と揚げものをばくばくと食らいながら、先々のことを心配していた。

しかしそんな心配をよそに、三十代に突入しようと、四捨五入して四十歳になろうと、私の食の好みは変わらなかった。ロースよりカルビ、ヒレよりバラ。みんなといっしょに「本当に味覚が変わったねえ」と言い合うことのできないさみしさを感じつつも、でも、安堵《あんど》もしていた。

ところが四十歳になってから、どうやらついに私にも、味覚の変化があらわれてきたようである。まずは、「ただ一品、手抜き献立を増やす」ためだけに存在すると思っていた冷や奴《やっこ》および湯豆腐を、ものすごくおいしいと思うようになり、「脂質異常の人が人間ドックの前にやむなく食べる」ために存在すると思っていたもずくを、急激に食べたくなり、買い求めるようになった。

このあたりで、私はちょっと不安を覚えはじめた。若き日に感じたのとまったく同じ不安である。豆腐やもずくを好んで食べる私なんて、まるで私のように思えないのだ。でも、おいしい。おいしいから食べる。食べながら、「平気か、私」と思っている。

先だってはついに豆サラダを食べたいと思ってしまった。そんなザ・健康食、自分が食べたいと思うなどとは夢にも思わなかった。欲求に忠実に豆をもどし、煮、サラダを作り、食べ、「あやー、おいしい」と目を見開いたのもつかの間、またしても不安がせり上がってくる。「これ、本当に私だろうか?」。

好きな食べものというのはある意味、その人自身なのである。だから味覚の変化は、アイデンティティがゆっくり崩壊していくような恐怖を私たちに与える(と私は思う)。

しかしながら私の場合、カルビがダメで豆腐がオーケイというような、入れ替わり制ではなく、カルビも好き豆腐も新たに好き、と間口が広がっただけだから、かろうじて自己認識はまだできている。

はじめて食べて、おいしさにびっくりした福岡のうどん。

作らないんです

たとえば、向こう一週間の締め切りをあらためて見なおしてみて、目の前がちかちかと点滅することがある。そんなの、ぜったい無理じゃん、無理じゃんどうしよう、と不安と混乱と動揺と焦燥がない交ぜになって、点滅するのである。点滅させっぱなしにすると、現実的に処理できず、ぽかーんと一種フリーズ状態になる。だからまず、この点滅を消し、己を平常心に戻さねばならない。

こういうとき、何がいちばん「点滅消し」にきくかというと、私の場合、献立である。献立をじーっと考えるのだ。そうするとだんだん、平常心が戻ってくる。メインは豚の角煮にしよう。卵もいっしょに煮よう。メインが重いからあとは野菜中心でなければならぬ。トマトと青じそのサラダ。あとは煮物……ほうれん草のお浸しか、いんげんのごまよごしもいいな。汁ものはなんにしよう、さっぱりとお吸い物か、それとも根菜をたくさん入れた味噌《みそ》汁《しる》か。

考えるだけでなく、書き上げていく。一汁三菜が決まると、対抗献立も考える。バジリコスパゲティ。このあいだ雑誌で見た、鱈《たら》のチーズ焼きを作ってみようか。アスパラと卵のサラダ、うんうん、いいぞ、汁はミネストローネか。洋か和か、この際だから中華も考えよう、メインは春巻きにしようかな、サラダは豆腐とワカメの中華ふう……などと、延々考え、書きつけていると、激しい点滅がすーっとおさまり、「なんかたのしい」とまで思い、「さて、仕事すっか」に戻ることができる。

ここで重要なのは、実際に作るために献立を考えてはよくない、ということである。実際に作るとなると、「豚の角煮」だの「鱈のチーズ焼き」だのと悠長に言ってはいられない。冷蔵庫に残っているのはキャベツと椎茸《しいたけ》と豚バラ肉……、それをうまく組み合わせた献立は……と、残りものありきで考えねばならなくなり、いきなり現実味が増し、わくわくしないどころかよけい混乱が深まる。「なんかたのしい」「さて、仕事すっか」という気分までもっていくのは、あくまでも、作らぬ献立でなければならない。

作らないから、調理時間もおかまいなし。ピザだって、皮から作る餃子《ギョウザ》だってなんでもござれ。作らないから、買いもののことも考える必要なし。まず肉屋にいって、八百屋は重いからあとにまわして……などと算段することもなし。さらに、作らないから、カロリーも無視。肉と油を使い放題。

かくして、私の手元には「実際には作らない献立」メモがぎょうさんある。

先だって、鞄《かばん》の奥底から、一枚のメモが出てきた。ちいさな字でびっしりと、献立が書いてある。ひっくり返すとそこにも献立。ああ、締め切りが間に合いそうもなくて、目の前が点滅していたんだなあ……と、食べた覚えのない献立メモを見て、ちょっとばかり自分をあわれに思った次第。

しかし私のこの献立クールダウン、今までだれにも賛同を得られたことがない。

作ることもあります。

季

私は自分の誕生日が好きである

誕生日のこと

自分でもちょっとおかしいんじゃないの？　と思うくらい、私は自分の誕生日が好きである。一年に何回もきてほしいと思うくらい、好きである。私の年ごろの友人たちはみな、自分の誕生日について「祝うような年ではなし」だの「めでたくもないが」などと言うが、そう聞くたんびに「何を言っておるか！」と活を入れたくなる。自分の誕生日は、クリスマスより正月よりめでたいではないかッ！　めでたいことを祝わずしてどうするッ！　と、思うのだ。

しかし考えてみれば、自分の誕生日に「今日が誕生日なのだ」と触れまわる大人を、あんまり見たことがない。大人は誕生日に関して落ち着いている。

私はどうも、誕生日に関して落ち着くということができない。ごくまれに、バレンタインデイが近づくと、存在を誇示する男性がいて、そういう人を見るにつけ「なんて大人げない」と思うのだが、人のことは言えない。私は誕生日の一週間ほど前から

「もうすぐ私の誕生日だわ」と、周囲の人に言ってまわる。プレゼントがほしいわけではない。なんというか、その日が（私にとって）とくべつな日であることを知らしめたいのである。

そして誕生日が近づくにつれ「あと四日だわ」「もうあさってだわ」と、言いまくる。誕生日にも、イブがあればいいと思うが、そういったものはないので、「いよいよ明日だわ！」と、これもまた自分で騒ぐしかない。

そうしていざ当日、私はあらゆる手を使って自分の誕生日だということを宣言する。原稿をメールで送るのにもわざわざ「今日は私の誕生日です。〇〇歳になりました」などと、つけ加える。私の仕事相手のなかには、一面識もない担当者もいるのだが（すべてメールでやりとりするため）、そのような人にもメールの最後に「角田光代より（今日で〇〇歳）」と書いたりする。まったくうざったい女ですね。

私はかように誕生日好きなので、人の誕生日もわりとおぼえている。自分がこれだけ騒ぎたいのだから、みんなも騒ぎたかろう、と思い、誕生日の近づいた人には「もうすぐだねえ、わくわくするねえ」と告げるのだが、言われた側はたいがい気味悪がる。誕生日に重きを置かない人は、家族でも恋人でもない人が自分の誕生日をおぼえているとぎょっとするらしい。「林家ぺーみたい」と言われたこともある。以来、私は小説界の林家ペーを目指している。本気。

しかし考えてみれば、誕生日というのは、世のなかのすべての人が持っている、数少ない完璧《かんぺき》な平等だと思う。誕生日という概念のない国の人もいるだろうが、そういう人にしてみても誕生日がないわけではない。だってその人がそこにいるのだから。名前、というのも完璧な平等のひとつだが、これはいちばん最初の誕生日プレゼントであると私は考えている。

と、なぜ誕生日について長々と書いているかというと、この原稿を書いている今日が私の誕生日なのです。うざったい女で、ほんと、すみません。こんなに大人げなくてもう四十歳。

自分で買った誕生日ケーキ。

あのころのクリスマス

私が学生だった八〇年代後半は、たいへんな好景気だったようである。ようである、と書くのは、好景気のただなかにいなかったので、どこがどんなふうに好景気であり、好景気だとどんないいことがあるのか、よくわからないためだ。

さてこの好景気の時期、世間では、クリスマスが一大イベントであったらしい。男は女に何十万円ものクリスマスプレゼントを買い、高級レストランを予約し、あるいは高級ホテルを予約し、そのイベントに臨んでいたようである。女性誌には、そうしたことがまるで常識のように書かれていたが、私にしてみれば、金星には宇宙人が住んでいるらしい、と同程度の情報でしかなかった。

そのころ、自分がどんな具合にクリスマスを過ごしていたのか、よく思い出せない。家族と過ごしていないのは覚えているが、ではだれと何をしていたのかが、判然としない。ひとつだけ覚えているのは、女友だち四人ほどで、安居酒屋にいったことくらいである。

二十歳のころだったと思う。四人にはみな恋人がいなかった。私はふられたてであり、もうひとりはふったばかりであり、もうひとりは片思い、もうひとりは人生と彼氏いない歴が同じだった。私たちは、世の好景気というものから自分たちが見事に外れていることをうっすらと自覚していた。同世代の女子が、何十万円の贈り物をもらったり、ホテルのスイートルームで酒を飲ませてもらっているらしいが、それこそ宇宙のようなできごとであることを承知していた。ふん、知らないよそんなの、と思いつつ、でも、家に帰って家族と地味に鶏《とり》料理を食べる気にもなれなかった。それで、捨て鉢なような気分で、四人で安居酒屋にいったのである。

安居酒屋は見事に空《す》いていた。今考えればすごいことである。クリスマスに安居酒屋にいくカップルなんて、当時はいなかったのだ。だだっ広い座敷で、恋人のいない若き婦女子四人、ぽつんと酒を飲んだ。ほとんど泥酔《でいすい》しかけたころ、「店からのプレゼントです」と言って、店員がショートケーキを四つ持ってきた。どうやら女性客だけにつくサービスのようであった。

これがまた、なんというか、本当にさみしくなるようなしょぼくさいケーキだった。しかし私は安居酒屋のしょぼくさいケーキに、感動したのである。女に生まれてよかったと、心から思ったのである。私がこの年のクリスマスのみ覚えているのは、おそらく、あの貧乏くさいケーキのおかげだと思う。

十代の終わりから二十代前半にかけて、人はどんなクリスマスを過ごしたかによって、その後の嗜好《しこう》を決定されるような気がする。安居酒屋で貧乏くさいケーキに感激した私は、いかにもそれに見合った地味な人生を送っていると、ときどきふと、感慨深く思ったりするのである。ちなみに、昨今のクリスマスは、自分の家でおでんを煮るのが習慣である。ね、いかにも、でしょ。

クリスマスにはやっぱりケーキがなくては。

クリスマスにはケーキ

私んちのクリスマスメニュウはこのところ毎年おでんである。おでんは練り物が多く、満腹感がすさまじい。セーブして食べればいいのに、毎年阿呆《あほう》のように腹十五分目くらいまで食べるから、デザートどころではない。なのに、私は毎年、クリスマスケーキを買ってしまうのである。だって、ケーキのないクリスマスなんて、たまごの入っていないおでんみたいではないか。

私のように考える人はつくづく多いのだと、毎年クリスマスに思い知らされる。自宅のそばにおいしいケーキ屋さんがあり、「あ！　今年はあそこでクリスマスケーキを買おう」とイブの日その店に向かったところ、驚いたことに大行列ができている。しかもその列は、ケーキを選びにきた人ではなく、あらかじめ予約して受け取りにきた人々なのである。お店入り口の片隅に貼《は》られた「クリスマスケーキ予約終了」の文字の前で、私は硬直した。

デパートで扱っている有名なお店のケーキも、予約制のことが多く、クリスマスイブに「ケーキ、ケーキ」とはしゃいでいっても手に入らないことは多い。手に入ったとしても列に並ばなきゃいけない。なんでケーキごときで列に並ばなきゃならん!! と、何よりも行列が嫌いな私は思う。

結局、クリスマスのデコレーションを施されたものでない、ごくふつうのチョコレートのケーキやフルーツのタルトなどを数個買って無理矢理クリスマスケーキに仕立てる、というのがこの数年の恒例になっている。毎年のことなんだから、いい加減学習して、目当ての店で予約をするなりすればいいのだが、「クリスマスより前にクリスマスケーキのことを考える」ということが、どうも私にはできない。たぶん一生できないであろう。

私は料理がめっぽう好きなので、「クリスマスケーキを作る」という選択肢もあるにはあるのだが、やろうと思ったことはない。菓子作りは私にとって異常な行為である。緻密《ちみつ》な計量、膨大な根気、結構な出費、と三拍子揃《そろ》うわりに、できあがったものは、大成功でも「そこそこおいしい」程度、大失敗なら「これは人間の食べものではない」、ごくふつうで「まずい」だと、数少ない経験上、思っている。思うに、菓子作りって、上手な人は明日から店が開けます、というくらい上手で、あとはみな、店はとてもじゃないが開けないレベルで、その中間というものがない。

話を元に戻して、無理矢理クリスマスケーキ仕立てにしたごくふつうのケーキであるが、いつもじたばたするくらいおでんを食べ過ぎるのに、「あっケーキがあった」と思い出して用意すると、不思議と食べられる。

「あっケーキがあった」と思い出すときの至福。いつもなら「満腹だし、夜も更《ふ》けてからの甘いものは太る。明日にしよう」と諦《あきら》めるが、「今日はクリスマスだから食べてもいいんだもーん」となる。この至福が、クリスマスの醍醐味《だいごみ》である。

カラオケ屋さんのど派手ケーキ。

実用クリスマス

クリスマスおよびクリスマスプレゼントは私にとって非常に重要である。まれに、クリスマスなんて祝わない、だって子どものときから祝ったことないし、キリスト教徒でもないし、などとほざく男の子がいるが、私にしてみれば「けっ」である。だってつまらないじゃん、クリスマスがない十二月なんて。

私の実家は父も母もキリスト教徒ではなかったが、クリスマスはちゃんと祝った。私はサンタクロースなんていないと知っている子どもだったが、クリスマスプレゼントも毎年もらった。このプレゼントであるが、あるときからリクエスト制になった。父か母に、何々がほしいと前もって言っておくのである。私がリクエストしたものは実用品ばかりだった。ぬいぐるみとかお人形なんかはほしがらず、鉛筆削り機だとか裁縫セットだとか、そんなものばかりなぜかほしがっていた。

大人になっても、クリスマス習慣は続いている。恋人や友だちとクリスマスを祝う。

もちろんクリスマスプレゼントの交換は、その行事に含まれている。

友人たちと祝うクリスマス宴会では、みんなひとつずつプレゼントを用意して、くじをする。が、恋人とのプレゼント交換では、私は当然のように、何がほしいかをリクエストする。恋人がかわっても強固にその習慣は続けている。そしてここでもまた、私がほしいと願うのは、どういうわけだか実用品なのである。

十代のころからのクリスマスを思い返し、そのときどきの恋人にリクエストしたものを思い浮かべると、ファミコンだったり、プレステだったり、まな板だったり、フードプロセッサーだったり、する。アクセサリーとかお菓子とか、かわいげのあるものをリクエストした記憶はまるでない。

という話を女友だちにしたら、「リクエストする時点でそもそもかわいげがない」と言われた。彼女はクリスマスでも誕生日でも、リクエストなんてしたことはないのだそうだ。「でも、要りもしないものをもらいたくないじゃん」と言うと、「好きな人からもらったらなんだってうれしいじゃないの」と彼女は呆《あき》れ顔で答えた。そういうものなのか。え、本当にそういうものなの？

その話をして以来、私はざわざわと不安を覚えるようになった。子どものころから実用品ばかりほしがり、なんの躊躇《ちゅうちょ》もなくリクエストしてきた私って、がめついのだろうか。意地汚いのだろうか。リクエスト制、もうやめようかな、とまで思い詰めた。しかし、やっぱりどう考えたって、ほしくないものはほしくないのである。今では、がめつくたってていいや、と開きなおっている。

恋人と別れたとき、その人からもらったものを処分してしまう太っ腹な女性がいるが、そういう人は件《くだん》の女友だちのようなタイプなのだろう。リクエストした実用品ではないから、捨てられるのだ。私はちゃーんと使いこんでいる。ファミコンもプレステも、今ではあまり使わないが持っているし、フードプロセッサーやまな板は現役で使用している。どうだ。……と、えばる話でもないですね。

くりかえし信仰

私は暮れと正月に関して、驚くほど保守的である。その時期に変わったことをしたくない。昨年とまったくおなじに過ごしたい。この気分がなんであるのか、自分でもよくわからない。

唯一《ゆいいつ》の趣味は旅、というくらいの旅好きだが、正月休みを旅行にあてたことは、だからないのである。大晦日《おおみそか》と新年を、海外で迎えるとか、温泉で迎えるとか、はたまたご来光を見にいくことすらも、あり得ない。毎年毎年自分の家にいる。

大掃除は三十日までに終え、三十一日は予約した蕎麦《そば》を蕎麦屋に受け取りにいき、食材を買って家に帰る。大晦日に作る料理も毎年おなじ、皮から作る餃子《ギョウザ》と、筑前煮《ちくぜんに》。ひとり暮らしをはじめてからずっとこのメニュウである。たまには、大晦日、母がそうしていたようにおせちでも作ってみるか、と思ったりもするが、思ってみるだけで試したこともない。

テレビを見ながら餃子と筑前煮の夕食を食べ、十一時過ぎに蕎麦を食べ、十二時少し前に家を出て近所の神社にいく。神社にいっても行列には並ばず、ずらり並んだ露店を冷やかして帰ってくる。

じつに地味な大晦日である。新年も同様に地味。いつもよりひとけのない町を、自転車でぐるぐる走り、「町が空《す》いてるー」といちいち感動し、帰ってきて夕食。それだけ。今年は福袋でも買ってみるかな、と思ったりするが、これまた思ってみるだけで、初売りに出かけたこともない。

一昔前、年越しライブがはやった時期があって、友人たちはこぞって出かけていったが、ライブ好きだというのに私は家で餃子の皮をこねていた。とことん変わったことをしたくないのである。

暮れと新年に、昨年とおんなじことをしているとなぜか安心する。これは私個人の特殊な心理だろうか。それとも多くの日本人がそう感じているのだろうか。

私が育った家も、暮れと新年は保守的だった。元旦《がんたん》には家族でおせち、その後初《はつ》詣《もうで》、二日には父の実家で親戚《しんせき》の集い、三日は母の実家で親戚の集い、四日からなんとなく通常仕様。毎年毎年このくりかえし。今年は家族でどこか遠出をしようか、とか、おせちをデパートで買ってみようか、とか、初詣にいく神社を変えてみるか、とか、そんな話はいっさい出なかった。

　これはほとんど「くりかえし信仰」ではないかと私は思う。昨年とおなじように年を迎えれば、今年も昨年と同様大きな変化なく、無事に乗り切れる、というような気持ち。そして年をとるに従ってこの信仰は強くなり、毎年正月は、退屈だ退屈だと文句ばっかり垂れているのに、正月が近づくにつれ、「来年も今年とおんなじ正月が無事に迎えられますように」と願うくらいである。願うほどのことは何もしていないのだが。

成長年賀状

三十代に入ってから、ダントツに増えたのが、子どもの写真入り年賀状である。ときおり、こうした年賀状を毛嫌いしている人がいる。たいてい独身だったり、既婚者でも子どもがいなかったりする人、つまり、子どもの写真を使うことにまったく共感できない人々である。毛嫌いの理由としては、「会ったこともない子どもの写真を送られても」というのが多いようである。

私自身も子どもがいないが、しかし、私はこの「子入り年賀状」が、たいへんに好きである。子持ちの人の年賀状が、干支《えと》の絵だけだったりすると「ちぇーっ」とがっかりするくらいだ。もちろん私も、年賀状で笑っているほとんどの子どもと面識がないわけだが、それでも、心待ちにしてしまう。

親はもちろん、もっともいい写真を選ぶのだろうから、当然どの写真の子どももも、じつにかわいらしい。そのかわいい子どもをまじまじと見て、「きっと奥さんが美人なのねー」「この口元、はやくも友だちに似てきたわ」「うーん、女の子なのにとうちゃんに似ちゃったかー」などとひとり感想をつぶやき、ときには、わざわざ去年ものを出してきて「おお、一年で子はこんなに育つのか」と、まるで祖母のような感想をつぶやいたりもする。そう、子入り年賀状の醍醐味《だいごみ》は、時間の流れが目に見える、というところにある。

たとえば中高時代の友人Tちゃんには、女のお子さんが二人いる。この二人に会ったことはないのだが、赤ん坊のころから見ている。もちろん年賀状で。私が毎年毎年「あれっ、もう新年？」と首を傾《かし》げているあいだに、二人の女の子は七五三を済ませ、小学校入学を済ませ、長女はだんだん、私がはじめて会った中学一年生のころのTちゃんにうり二つになってきた。

自分の精神的成長が自覚できるのは、二十七歳くらいまでではないかと私は思っている。実際私は、今でも二十七歳のような気でいる。二十七歳からなんの変化もないように思ってしまう。だから、二十代の男の子と面と向かって話すとき、ふつうにどきどきする。恋愛の可能性を持っている二十代の娘のようにどきどきする。

「図々《ずうずう》しいにもほどがある。だいたいあなたは次の誕生日で四十歳であり、二十七歳というのはとうの昔であり、二十代の男子と恋愛の可能性なんてこれっぽっちもないのであるよ」と、私に教えてくれるのは、辛辣《しんらつ》な女友だちではなく、Tちゃんの年賀状のなかで成長する二人の娘なのである。そもそも辛辣な女友だちでさえ、二十七歳の気でいるんだから。

子入り年賀状によって「年相応」を意識する私は、ある危惧《きぐ》を抱いている。年賀状のなかで成長する彼・彼女らが、中学生高校生になり、年賀状のモデルになってくれなくなる日をおそれている。だって、高校生の息子や娘が笑っている年賀状は、未《いま》だかつて見たことがないんだもん。ヤンキー少年とか顔《ガン》グロ少女になってもいいから、年賀状で笑い続けていてほしいと、だから元旦《がんたん》のたび、私は真剣に願っている。

友人にもらった幸運のおまもり。

抱負の話

新年に、みなさんは、抱負を決めていますか？

私は毎年決めています。はやくも六月ごろから「来年の抱負はなんにすっかなー」と考えている。もしくは、六月ごろ、自分がどうしてもできないことにはっと思い当たり、「今できなくともよい。これを来年の抱負にしよう」と、決めることもある。

思い返せば、もう十数年、新年に抱負を決め続けている。数年前までは、新年に、短冊《たんざく》状の紙を用意し筆ペンで抱負を書きつけ、私んちを訪れる友人たちにも抱負を書いてもらい、それをずらりと部屋に貼《は》っていた。いろんな抱負があった。「仕事をしない」と書く友人もいたし「美白」と書く男子もいた。自分で書いたもので覚えているのは「愛と成功」、「重版」など。

友人はどうかわからないが、私はいつだって真剣だった。「重版」というのは、出版した単行本が売れて版を重ねることで、これを書いた十年ほど前、私は一度も重版をしたことがなかった。心の底から重版を望んでいたのである。

「愛と成功」というのは、今では自分でもなんだかよくわからないが、ともかく、「奥行きのある恋愛をして、仕事も成功させせよう」ということだろうと推測する。奥行きのない恋愛をして、仕事にいき詰まっていたのだろうと思われる。

さて。抱負をそのように決めて書けば、次の年、願ったことは我が身に起きるのか？

私の長き抱負体験から言わせてもらうと、否《いな》である。「重版」と書いた翌年、やっぱり重版しなかったし、「愛と成功」と書いた翌年、やはり奥行きのない恋愛をし、仕事は停滞していた気がする。「あー、今年の抱負は『愛と成功』だったよなー」と、その一年のうち、幾度もぼんやり思い出したりするのだが、その都度、理想と現実の距離の遠さにめまいがするばかりである。

でも、抱負を決めずにはいられない。なんだか抱負を決めないと、自分が何をどうしたいのか、よくわからなくなってしまいそうな気がするのだ。「こうする」と年の初めに決めておけば、実現するしないはともかく、「私はこっちの方向にいきたいのだ」と、確認することができる。その確認作業を、私はつねにやっていないと不安なんだと思う。

昨年の私の抱負は「自分のペースを作る」だった。もう　月の時点からペースは乱れに乱れ、十二月なんか乱れすぎて心のなかで毎日悪態をついていた。一年の終わり、「ああ、ペースどころの話じゃなかった」と少なからず落胆するのだが、「私は自分のペースを作りたいらしい」と、少なくとも知ることはできる。ひょっとしたら来年、いや五年後、自分のペースが作れているとしたら、きっと昨年の抱負が功を成したのに違いない。

今年の私の抱負は「歯医者にいく」である。「抱負にするより先に、いってこい」と言われそうですが、歯医者って、私にはブラジルより遠い場所なのです（精神的に）。まあ、抱負は抱負で、実現するしないは関係ないから……ね。

香港にいってきました。

節分のこと

子どものころ、私の家族はじつに厳格に節分の行事を行った。父親が鬼のお面をかぶったりはしなかったが、家族で豆を持ち、家のすべての窓、出入り口から、「鬼はーそとー、福はーうちー」とやってまわった。間違えて「福はーそとー」と言ってしまうと、母はかなり本気で「間違ってる！」と指摘し、「福はーうちー」と声をはりあげて訂正するのであった。

その後、煎《い》った豆を年の数だけ食べる。数え年というのが厄介だった。私は豆類をあんまり好んで食べないが、しかし節分の豆は不思議にあとを引く。三粒四粒と続けて食べているうちに、もっともっと食べたくなってくる。しかし数え年の数しか食べてはいけない。いつも十数粒しか食べられず、四十粒前後食べている父や母やおばが、うらやましくてならなかった。この「数え年のぶん豆を食べる」というのは、大人が決めたに違いないと思っていた。自分たちがたくさん食べるために。

節分の行事はその日だけでは終わらなかった。翌日、数え年と同じ数の豆を和紙に包んで、近所の川に投げ入れにいくのである。橋からぽーんと和紙を投げ、そして帰ってくるのだが、家に着くまでけっしてふりむいてはいけない、と言われていた。毎年、少々身を固くしてふりむかないようにして帰ってきた。

大人になってからこの話をすると、「いったいどこの地方？」とよく言われるのでびっくりした。いろんな人に聞いてみたが、「豆の入った和紙を川に投げ入れ、ふりむかずに帰る」という風習を持っている人は、私のまわりで皆無であった。あれはいったいなんだったのだろう？　もしや私の両親もしくは祖母が考え出した奇習？

子どもが独立し、ひとり暮らしをはじめてしばらくのち、母はマンションに引っ越してひとり暮らしをはじめた（父は私が高校生のときに亡《な》くなっている）。母はひとりになっても豆まき行事をしないと気持ちが悪いらしく、マンションでも豆まきをしていた。しかしだいぶけちくさくなって、一粒ずつ、「鬼はそと、福はうち」とつぶやきつつ、投げるというより落とすのである。盛大に投げるとのちの掃除がたいへんだから、豆の場所がわかるように落としているのだと言い訳していた。それでも必ずやっていたのだから、節分のあの行事が、鬼を外に出し、福を内に招いてくれると、半ば本気で信じていたのだろう。

私はひとり暮らしがずいぶん長いし、子どももいないので、豆まきをしなくなって久しい。両親のようには、豆の威力を信じていないのである。そのことがちょっとさびしい。節分近くなると、コンビニエンスストアやお菓子屋さんにいろんなパッケージの豆が並ぶ。気が向くと買って、年の数など気にせずぼりぼり食べている。いくらでも食べられるとなると、やっぱりそうおいしいものでもない。

旅

感情というより、もっと細胞的に好きなのだ

真の生きる喜びとは

先だって、伊勢《いせ》（仕事）と群馬（休暇）にいってきた。そして「真の生きる喜び」についてしみじみ考えた。

伊勢神宮の内宮《ないくう》前にはおかげ横丁という、江戸時代の門前町を模したテーマパークのような一角があり、私はここに一歩足をふみこんだとたん、体内の血という血が、ものすごい勢いで循環しはじめるのを感じた。あまりに興奮しすぎて、焦点がさだまらない。「あっ、あっちに団子屋が！　あそこの魚屋では干物の試食が！　伊勢豚の串《くし》を売っている！　伊勢うどんってふつうのうどんとどう違うの！　胡瓜《きゅうり》スティックまで売ってる！　日本酒までッ」と、視界をかすめるものを片っ端から言葉にして叫び、そのまま「キエー」と叫んで倒れてしまいそうであった。

おかげ横丁は、コロッケだの豚串だの団子だの赤福だの薩摩《さつま》揚げ風の串だのが至るところで売られ、さらにうれしいことに、ビールと日本酒も店頭で一杯売りされている、買い食いのメッカのようなところである。私はコロッケを食べ団子を食べ、卯《う》の花ドーナツを食べ干物の試食をし、心の底から「生きるということは素晴らしい」と、思った。

群馬はグループで温泉にいったのだが、高崎に着いて私たち一行が真っ先に目指したのは、おいしいと評判の蕎麦《そば》屋である。鬱蒼《うっそう》としげる木々のなかにぽつりと建つ、風情《ふぜい》のある日本家屋で、小上がりに案内され、出汁《だし》巻き卵やら鴨《かも》焼きやらそばがきやら野菜天ぷらやら頼み、冷酒で乾杯。この蕎麦屋、評判通り、出てくる料理がみんなおいしい。日本酒がきりりと冷えて、すうっと喉《のど》を通ってまたおいしい。窓から、風にそよぐ庭の緑が見渡せる。ときおりやわらかい風が吹き抜ける。ここでもまた私は「生きるということは素晴らしい」と、腹の底から思った。

仕事や休暇で、ときたま日本各地を小旅行することがあるけれど、何がたのしいって食べることがたのしい。おいしい店も好きだし、屋台のちょっとした食べものも好き。絶景も、名所旧跡も、温泉も、私の場合、この「食べる」には僅差《きんさ》でかなわない。体内の血がごうごうと巡るのは、食べもの関係が充実しているときばかりなのだ。

伊勢のおかげ横丁で、高崎の蕎麦屋で、私が感じたことは、私は立派なおばさんになった、ということである。私は若き日に、ともに歩く母が、デパ地下で集中を欠いて挙動不審になったり、旅先で花より団子状態に陥るのを見るにつけ、「ああいやだいやだ、おばさんにはなるまい」と思ったものだった。しかし今、思うのである。おばさんというのは、真の喜び、真の幸福に、じつに忠実な人種であるのだなあ、と。

そして今の私にとってもまた、生きる真の喜びとは、建ち並ぶ屋台に、蕎麦屋のテーブルに、レストランのメニュウにある。そんなにちいさなことを真の喜びと感じる自分でよかったとも思う。真の喜びがあんまり大きいと、人生はけっこうつらくなる。立派なおばさんでいたほうが、きっと人生はひそやかに幸福なのだ。

おかげ横丁の招き猫。

最初に覚える言葉の話

ゴールデンウィークより少し前に、メキシコを旅していたのだが、何がたいへんだったかって、言葉がまったく通じなかったこと。私は至極単純に、メキシコってアメリカの隣だから、大半の人が英語をしゃべれるんだろうなあ、と漠然と思っていたが、とんでもなかった。みなさんスペイン語しかしゃべらない。英語がまーったく通じない。メニュウもすべてスペイン語。

とはいえ、私の旅する場所の大半は英語圏ではないし、言葉が通じないというのは、不便ではあるが旅を不可能にしないことは知っている。そんなわけで、私は三週間弱、ほとんどジェスチャーでメキシコをあちこち移動していたのだが、そのさなか、ふと、言葉について考えた。

まったく、何ひとつ言葉を知らない場所にいって、最初に覚える言葉というのは、たいがい挨拶《あいさつ》か、お礼の言葉である。スペイン語の挨拶は難しいので（朝、昼、夜とぜんぶ違う)、最後まで間違えていたが、「ありがとう」はすぐに口から出るようになった。「ありがとう」というとみな、「どういたしまして」と答えてくれるので、その言葉もすぐに覚えた。

さてその次に何を覚えるか、というと、私の場合、食べものの名前である。

言葉が通じなくていちばん困るのは、食事だと思う。メニュウは解読不能だし、「これは何?」とジェスチャーで訊《き》いても、返ってくるのはスペイン語。もう、賭《か》けごとのように「えいやっ」と見知らぬ単語を指して注文するしかないのである。しかも私は食に関して図々《ずうずう》しいので、できるならば嫌いなものを食べたくないし(悲劇的なことに、メキシコでよく出る豆が苦手)、できるならば昨日とおんなじものを食べたくない。必死に読めない文字を見つめ、念じるように解読を試みる。

すると不思議なことに、読めないはずの文字が、読めてくる。「豆」らしき単語が出てくると、「あっ、これは豆入りだ」とわかる。私は肉派なのだが、「あっ、これは牛肉の焼いたもの」「これは料理法はわからないが鶏肉《とりにく》」「これはソーセージとチーズの何かだ」と、肉に関してはメニュウがなんとなくわかってくるのである。日本食でたとえるならば、「豚の生姜《しょうが》焼き」の、「生姜」が何かはわからないが、とりあえず豚を焼いたものだということだけは、解読できるようになる。

驚くべきことに、旅をはじめて一週間後には、挨拶すらままならないというのに、私は十種類くらいの肉料理名を読めるようになっていた。辞書なしで、である。食べものに関しては、私の語学力は超人的にフル回転するらしいのである。でも、思いだしてみれば、どの地でも、お礼の言葉の次に私は料理名を覚えている。この、食べものに関する飛躍的な語学力の開花は、生きることと食べることが直結しているからだろうか。あるいはたんに、食い意地が張っているだけ？

言葉のすべてが食べものと関係していれば、私は今ごろ、何カ国語くらいを流暢《りゅうちょう》にしゃべれるのだろうか、と帰ってからずっと、遠い目をして考えている。

メキシコのカリブ海です。

朝食バイキング

朝食バイキングが好きだ。昼食バイキングでもケーキバイキングでもなく、朝食のバイキングが好きなのだ。ホテルに泊まった翌朝のバイキングのことを思うと、いつだってしあわせな気分になる。

和食なら鮭《さけ》や海苔《のり》や納豆や温泉卵やお新香。ごはんかお粥《かゆ》が選べたりする。洋食ならハムやチーズやオムレツやウインナやポテトや焼きトマト。デニッシュやクロワッサンなどパンも豊富。スープや味噌汁《みそしる》、ジュースに牛乳。フルーツにヨーグルト。

しかも和洋折衷で選んでもだれも叱《しか》らない。納豆とごはんとオムレツとウインナとスープだってだいじょうぶ。好きなものだけで構成された朝ごはんほど、人をしあわせにするものはない。

しかしなぜに私が愛するのは昼食でも夕食でもおやつでもなく「朝食」バイキングなのかと考えてみて、それが自分では決してできない芸当だからだ、と気づいた。昼食なら、はたまた夕食なら、もちろんバイキングほどではないにしても、何品か用意することはできる。けれど朝は無理。ただでさえせわしない朝、オムレツも焼き鮭も焼き温泉卵を作り……と、和洋取り混ぜた献立などぜったいのぜったいに作らない。世界がひっくり返っても作らない。だからうれしいんじゃないか。ちなみにケーキも作れないが、私はおやつを食べないのであまり魅惑を感じないのである。

ホテルの朝食バイキングで、「うわーい」と、もうすべてを食べ尽くす勢いでフロアに出ていく。が、「興奮してついつい大盛りにしたが食べきれず」という食後の皿は恥ずかしいので、食べたいものを厳選して皿にのせていく。

そうしながらはたと気づいた。こんなに多くの料理があり、こんなに興奮し、こんなにしあわせを感じている私であるが、朝食バイキングで皿に盛るものは決まり切っている。卵とウインナとチーズ。それだけ。本当にそれだけ。バイキングの意味なんてあるのか否《いな》か。

先だって、取材でエジプトはナイル川を下るクルーズ船に乗ってきた。一泊三日のクルーズで、朝はもちろんバイキング。わーいわーいと興奮しながらレストランに赴き、しかしここでも、私は三日ともまったく同じものを食べ続けたのである。卵（茹《ゆ》でだったりオムレツだったり）とウインナ（チキンだったりビーフだったり）、チーズ（山羊《やぎ》だったりゴーダだったり）、それにパン。三日目、相も変わらず同じものをのせているトレイを見、つくづく不思議な気持ちになった。

食に関して私はこんなにも保守派だということが、皿を見れば一目でわかる。これほどの保守なのに、なぜバイキングに興奮するのだろう。自分で作れないから、などと結論を出したが、卵とウインナならば毎日自分で用意して食べているではないか。家とそっくり同じものを食べるだけなのに、なぜ喜び勇んで（しかもいち早く）レストランフロアへ向かうのか……。しかもエジプトくんだりまできて、卵とウインナ……。それでもやっぱり、朝食バイキングと聞くとわくわくするのは、本当になぜなんでしょうね？

これからナイルを下る船です。

初大阪、二〇〇七年

仕事で大阪にいった。大阪に私は縁がなく、十五年くらい前に一度、しかも半日くらい滞在したきりで、今回の大阪はほとんどはじめての経験である。

私がまず驚いたのは、人の多さと歩く速度の速さ。歩く速度は東京が世界でいちばん速いと思っていたが、大阪のほうが速いのではないか。それから人が親切であることに、続けてびっくりした。道がまったくわからず、キヨスクのおねえさんに訊《き》くと、「その角を右に曲がって、少し歩くと左に階段があるからそこを上がって……」と、じつに懇切丁寧に教えてくれるのである。さらに、町なかでまたしても道に迷い、べちゃくちゃとしゃべりながら歩いていたおばさん二名を呼び止め道を訊くと、彼女たちはその行き方を知らなかったのだが、「ちょっと待って」と言い残し、すぐそばでビラを配っていたホスト系の金髪にいさんに、「ちょっと、〇〇ってどこ」と訊きにいってくれたのである。そして戻ってきて「こういってこうだって」と説明してくれる親切さ。大阪の人にはふつうのことらしいけれど、東京ではまずそんなことはあり得ない。「ごめんなさい、知りません」で終わりだと思うなあ。

テレビでよく見るグリコの看板や、食い倒れ人形に、自分でもどうかと思うくらい私は興奮した。それらがある大通りには、ベンチが置いてあるのだが、そのベンチというベンチすべてに、ランニング姿のおじさんが放心したようにぼうっと座っているのも不思議だった。

そうしてこの大阪の旅で、私はものすごい事実に気づいたのである。

大阪の人は、いつなんどきも話している。

私のもっとも仲のいい友人は大阪育ちなのだが、この人が、いつなんどきもしゃべっているのを、私は不思議に思っていたのである。道を歩きながらは当然のこと、混んだスーパーで買い物をしながら、ラッシュ時の電車で立ちながら、混んだ道で縦に並んで歩きながら、ずうーっとしゃべっている。私はこの人と仲良くなってはじめて、「私はじっとして話したい人間である」と気づいたほどだ。つまり、私は座って話したいのである。あるいは立ち止まって話したいのである。歩いたりラッシュに揉《も》まれたり混雑に辟易《へきえき》したりしながら、話したくなんかないのである。でも友人は話す。なんでこの人、こんなにいつもしゃべっているんだろう？　と、つねづね思っていたのだが、その謎《なぞ》が解けた。大阪の人にとって、何かをしながら話す、というのは、ごくごく当たり前の行動であるのだ。

滞在中お世話になった女の子に、「どうして大阪の人はどんなときでもしゃべっているの？」と訊いたところ、彼女の答えは「しゃべってないと死ぬんです」と、いうことであった。なるほど……。

ともあれ、私は大阪にいっぺんで魅了されました。これから、歩きながら話す練習をしようと思います。

串カツに感動。

アメリカのごはん

仕事で、ニューヨークとシアトルにいってきた。アメリカの食事は量が多い、ということは知っていた。ニューヨークは昔いったことがあるし、ハワイも旅したことがある。だから体験として量の多さについて知ってはいるのだが、しかし、やはり実際目の前に料理が運ばれてくるたび、驚かざるを得ない。毎度毎度、食事のたびに私は驚いていた。

前菜がすでに一食ぶん。ステーキはわらじ大。サーモンは男性用手袋大。付け合わせのポテトは山盛り。サンドイッチやハンバーガーといった軽食でも、軽く私の三食ぶんはある。食べて、食べて、食べて、胃がみしみし言うほど食べて、それでも料理が減った気がしない。アメリカの人はよく食べ疲れをしないものだ、と毎回思った。

しかし私が今回の旅ごはんでもっとも衝撃を受けたのは、その量ではなく、カロリーについてである。たとえば私の食べたステーキには、バターとハーブのソースがついていた。カレーを入れるような銀の器にソースがたっぷり出てくる。溶けたバターが黄金色に輝いている。それをステーキにかけて食べる。夢のようにおいしい！　でも、ですよ。こんなにバターを多用したらカロリーはどうなってしまうわけ？　と、ダイエットに目くじらたてているわけでもないのに、思ってしまう。

シアトルのクラムチャウダーが、どこで食べても目玉をひんむくくらいおいしくて、クラムチャウダーの概念がひっくり返るほどだった。とろりと濃いのである。「こんなに濃く作る秘訣《ひけつ》は何か」と、在シアトルの日本人女性に訊《き》いたところ、牛乳でなく生クリームを使って作るそうである。またしても、おいしいのはわかる、わかるが、カロリーはどうなってしまうわけ？　と私は不安になる。

毎日毎日、おいしいと評判の店に連れていってもらって、見事においしい料理を食べていたのだが、何食目かで私ははたと気づいたのである。この国の人たちにとってカロリーなどとるに足らないものなのだ！　と。

そりゃあね、バターを多用すれば、生クリームを多用すれば、油を多用すれば、おいしいものはかんたんにできるのだ。ハンバーガーだって、ただ肉と野菜を挟むより、そこにとろーりととろけたチェダーチーズをのせればもっともっとおいしいのだ。私は体質的に中性脂肪が多く、手っ取り早くいえば脂質異常で、もともと油ものは大好きなのだが、健康を考えてふだんは控え気味にしている。油を使わないドレッシングを数種考案し、炒《いた》めものにはグレープシードオイルを使い、揚げものだって回数を減らし、自宅で作るときはフライパンで揚げ焼きにしている。生クリームは極力使わず、ときには豆乳で代用したりもする。ハンバーグに豆腐を混ぜてみたりもするし、バターなんてほんのちょびっとずつ使う。カロリーをなんとかおさえて、それでもおいしいものを作ろうと、日々いじましい努力をしているわけである。そんな私は、アメリカの食に「おまえも尻《しり》の穴のちいせえやつだな！」と豪快に笑われた気がしてならない。

私ってちっこい人間であるなあ、と、毎回ごはんのたびに実感していたことである。でも、ねえ、ホテルもレストランもバーも禁煙のアメリカよ、カロリーについてはそのままでいいの？　本当にそれでいいの？

香港《ホンコン》のごはん

先月のアメリカに引き続き、今月は香港にいってきた。香港で毎年、文学フェスティバルが開催され、全世界から作家が招待されて結集するのだが、これに招待していただいたのである。フェスティバルは二週間続き、毎日香港の中心街で、トークショーや講演会、ワークショップなどが行われている。「ゲイ文学とは」とか、「犯罪小説の書き方」とか、おもしろそうな題目がいっぱいあり、なおかつその時期、特定のレストランにいけば招待作家は無料もしくは割引で食事ができる。

が、私は、自分のイベント以外のいっさいに足を運ばず、フェスティバル指定のレストランにもいかず、日本から（遊びも兼ねて）応援にきてくれた出版社の方々と、ごはんを食べ倒していた。だって、町の至るところにおいしそうなものがあふれかえっているのだ、どうしたって文学欲より食欲が優先されてしまうではないか。しかもフェスティバルが指定したレストランなんてぜったいへんなふうに欧米風でおいしくないに決まっている。宿泊したホテルは朝食付きだったのだが、ホテルの朝食すら食べなかった。

本当に香港は何を食べてもおいしい。粥《かゆ》、雲呑麵《ワンタンメン》、飲茶《ヤムチャ》、広東《カントン》料理。香港島はこざっぱりときれいな店が多く、九龍《クーロン》島にいくと庶民的な店が多い。こんなにおいしい店がたくさんあるのに、なぜマクドナルドや吉野家《よしのや》といったチェーン店がいくつもあるのだろうかと不思議に思う。

私がもっとも感動したのは、セントラル（中環）にある老舗《しにせ》の飲茶屋、陸羽茶室（ルック・ユー・ティーハウス）である。店内は東洋と西洋がミックスしたようなエキゾチックな落ち着きがある。早朝から開店していて、私たちは十時過ぎにいったのだが、その時間でもテーブルは半分ほど埋まっていた。常連客らしい老人たちがそれぞれのテーブルで点心をつまみお茶を飲みながら、新聞をめくっていて、その姿がなんだかとってもかっこいいのだ。ここはワゴンがまわるのではなく、テーブルに置いてある注文票に数を書き入れてお店の人に渡すシステム。私たちは熟語のような読めない漢字を必死に解読し、「これはきっと海老《えび》が何かに巻いてある」「これは読める、春巻きだ！」「ここからこっちはデザートっぽいから、あとで」などと言い合い、読めるものも読めないものも注文した。そして運ばれてくるものすべて、天を仰ぎ目頭を押さえたくなるほど、おいしい。

朝も夜も、私は食堂やレストランにいくたび、そうして天を仰ぎ目頭を押さえ続けた。ジャッキー・チェンが好んで食べたことから「兄貴焼豚」と名づけられた甘めの焼豚も、前菜に出てきたピータンも、なんでもない粥屋の肉団子入り粥も、口に入れるものすべてがおいしく、「私に胃が四つあったら！」と食事のたびに本気で思った。

香港の人は素材にものすごく厳しくて、市場でも、死んだ海老は半額で売るらしい。食べる側と食べさせる側が、ものすごく長い時間切磋《せっさ》琢磨《たくま》しあいながら、食レベルを引き上げていったんだろうなあ。

というわけで、情けないことに、文学フェスティバルにいったのに、食欲フェスティバルから帰ってきたような記憶しかないのである。

これが兄貴焼豚！

人生初九州

生まれてはじめて九州にいった。

私は旅好きだが、国内はほとんど旅したことがない。国内に興味がもてないのではなくて、単純に、日本国内って個人旅行には向かないのだ。とくに、運転免許を持っていない私のような人間にとっては。そんなわけで、日本全国、私はほとんど旅をしたことがない。それでもこの十年ほど、ちらほらと仕事の依頼や小説の取材などで、各地を訪ねるようになった。北海道も四国も瀬戸内海の島々も、東北も山陰もみんな、仕事がらみでいった。ありがたいことである。

九州は、ずーっと前からいきたかった。いったことがないから、どんなところだか想像がつかない。しかしながら、かの地について知っていることはある。いろんな人から聞かされた、いわば耳学問である。九州、と聞いて私が真っ先に思い浮かべたのは「甘い醬油《しょうゆ》」である。九州の人は刺身を甘い醬油で食べるのだと、今までいったい幾人の人に聞かされただろう。「刺身は極上なんだけれど、あのねっとりとした、甘い醤油がどうもだめで……」「九州に出張があるときは、ミニボトルの醤油を持参するようにしているんだ」等々。私はこの、甘い醤油に戦々恐々としていた。食べたいような、食べたくないような……。でもせっかくの初九州なんだから……。

私の訪れた熊本の産山村《うぶやまむら》で、おいしい豆腐屋があると聞き、取材も兼ねてそこの豆腐を買い、宿で醤油を借りて食した。まず私が一口食べ、うまさに悶絶《もんぜつ》すると、その表情を苦悩の表情と読み間違えた編集者さんが、「どうしたんですか、醤油、もしかして、甘い？」と訊《き》くのである。ああ、この人も「九州の醤油は甘い」伝説をたくさん聞いてきたのだなあ、と思った。

これほどまでに有名な醤油。その登場を複雑な気持ちで待っていたのだが、しかし、この旅の取材目的は主に「肉」であった（だから肉派の私に依頼がきたのだろう）。食べもの雑誌の取材だったので、まる二日間、食べっぱなしだったのだが、刺身にはついぞ一度もお目にかからなかった。醤油を使ったのは豆腐のみで、だから、甘い醤油の存在も確認できなかった。

とはいえ、もしやこの「甘い醤油」伝説、一人歩きしているのかもしれない。同行してくれた編集者さんは「熊本の人は焼き肉といえば馬なんですよね？」と熊本の人に訊き、「そんなことあるわけないでしょうが！」と笑われていた。「刺身の醬油はすべて甘い」も、誇張表現かもしれない。

思えばそういう伝説は各地にたくさんある。大阪の人は各家庭にひとつたこ焼き器を持っているとか（しかしこれは真実だと思う）。山形の人は秋になると河原や公園でバーベキューならぬいも煮をするとか（これも真実だと思う）。北海道の焼き肉屋にはごくふつうに羊肉があるとか（これもまた真実だと思う）。……あれ、ほとんどみんな真実のようではないか。とすると、九州は甘い醬油がふつうというのも真実なのだろうか。「肉の旅」ならぬ「魚の旅」ならば、その真実に触れられたのだろうか。……真実追究のために、もう一回いきたいな、九州。

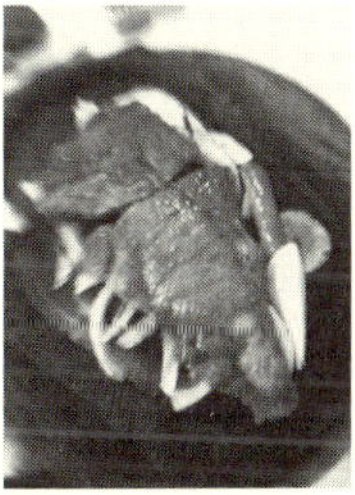
熊本で食べたあか牛のステーキ。醬油は使いませんでした。

本当に甘かった！

数カ月前、人生初九州で、私は伝説の「甘い醬油《しょうゆ》」に出合えなかったと書いた。じつに多くの人が「九州の人の使う醬油は甘い」と口を揃《そろ》えて言うが、それが伝説なのか真実なのかすら、はじめての九州の旅ではわからなかった。そのエッセイを書いたのち、このページの担当者Sさんのご両親が九州の方だそうで、「これがその甘い醬油です」と、わざわざ買って送ってくださった。見たことのない銘柄の醬油である。さっそくなめ、「うん、甘い！」と妙な感動をしたのだが、しかし、この甘い醬油がふつうに使われているとはどうにも信じがたい。九州の居酒屋や定食屋で、この甘い醬油がごくふつうに置いてあるとは思えない。Sさんちが特殊なのではないか。と、甘い醬油をなめながら私は考えていた。

そうしたら偶然、またしても九州いきの仕事が入った。いき先はまたしても熊本。前回は、熊本市内を見ず、空港から大分との県境まで直行したのだが、今回も熊本市内には寄らず、空港から天草まで直行。天草三泊四日の旅であった。

「え、この醤油……」とまず最初に思ったのは、到着してすぐに入った定食屋でのこと。私はうに丼《どん》を頼み、うにに醤油をまわしかけたのだが、なんというか、思ったような味にならない。それでどばどばとかけてしまい、醤油まみれのうに丼を食べながら、「あれ？　なんか甘い」とようやく気づいた。しかし、甘い醤油があると頭でわかっても、慣れないせいで舌がうまく理解しない。「なんかこのうに、へんに甘い。そういう種類だろうか？」と、思ってしまうのである。仕事仲間の人々が、「あー、やっぱり醤油、甘いなー」と言い、それでようやく納得した。ああ、まさしく今、私はずっと夢想していた甘い醤油を食べているのだ！　と。

以降、三泊四日の旅では続けざまに甘い醤油に出合うことができた。居酒屋でも定食屋でも、置いてある醤油はたいてい甘い。居酒屋で食べた焼きおにぎりも甘かった。おいしい云々《うんぬん》より先に、感動した。「本当に醤油は甘かった！」と思った。Sさんごめんなさい、Sさんちが特殊なのでは、なんて考えたりして。

ところが、やっぱり味覚は慣れと深い関係にある。感動は感動として、やっぱり甘い醤油では何かもの足りなくなってくる。この旅行で、天草の塩精製所も取材したのだが、ここの方が携帯用の塩をスタッフ全員にくれた。この塩が、びっくりするくらいおいしい。私たちはいつなんどきもそれを持ち歩くようになり、そして気がつけば、居酒屋や、焼き肉屋や、定食屋でそれを取りだし、醤油ではなく塩で食べているありさまであった。

甘い醤油を愛している人がいたらたいへんに申し訳ない。単なる慣れなんです。そして私は、ずっと夢見ていた甘い醤油に、これでもかというくらい出合えて、本当にうれしかったんです。

天草名物、踊るタコの干物。

タイ、大好き！

仕事でほんの数日タイにいってきた。

今まで三十数カ国旅したが、いちばん好きな国はどこかと訊《き》かれるたび、タイと答えている。タイのどこが好きかと訊かれてもうまく答えられない。なんか好き。なんか合う。歩いてるだけでわくわくする。感情というより、もっと細胞的に好きなのだ。

はじめてタイを訪れた一九九一年と比べると、タイは格段に発展し、もし今現在のタイをはじめて旅したら、そんなに好きにはならないかもしれない。便利すぎるし、バンコクは都会過ぎ、人々は一昔前より都会的にクールになった。タイが好き、というとき、つまりは記憶のなかの自分の旅も含めてのその場所が好き、ということになるのだろう。

ずいぶんと変わってしまったタイだが、それでも訪れるたび、変わってないなあ、とうれしくなることがひとつあって、それは人々がいつなんどきもごはんを食べているのを見たとき。

タイの人は本当にいつでもごはんを食べている。コンビニエンスストアのレジ係も、デパート内の洋服屋の女の子も、レジカウンターの後ろで弁当みたいなものを食べている。夕方の屋台では制服姿の女子高生がかしましく談話しながら何か食べているし、船着き場のおばさんもチケットを切るかたわら何か食べている（何か食べているかたわら、チケットを切っている）。町の至るところに屋台があり、デパートにはかならずフードコートがある。だから、そこいらじゅう食べもののにおいがしている。スパイスの、揚げ油の、肉の、魚の、白米の、ココナツミルクのにおい。ぴかぴかの新しいデパートにも、足を踏み入れたとたん何かおいしそうなにおいがしている。

屋台のごはんは小盛りである。私は人に驚かれるくらい少食だが、その私でももの足りないくらいの量。つまりはこれが一食ではないのだろう。

今回の旅でタイ在住の男の子に会ったので、タイの人のごはんの回数について訊いてみたところ、一日三回、などといった考え方がまったくないそうだ。おなかが空《す》いたら食べる。だから、一日五食の人もいるし六食の人もいる。さらに、自炊という概念もたいへんに希薄だそうである。どこにでも屋台があり、値段も安くすべて持ち帰り可なので、材料を買って作るよりよほど安上がりなのだとか。たしかに、昔も今も、バットに総菜を何十種も並べた屋台で、ビニール袋にいくつもおかずを買っていく人の姿をよく見かける。タイで主婦になったらずいぶん楽そうだ。

いつでもどこでもだれかが何か食べているという光景を、私は非常に愛してやまない。町じゅうを覆《おお》う食べもののにおいも。人がそこで暮らしている、生活を営んでいる、そのことの力強さを生々しく感じることができて、とても安心するのである。

寒い日本に帰ってきて、「どこでもドアがあれば今日の昼ごはんはタイの屋台にいくんだけれど」と詮《せん》無いことを考えている。

あとがき

このエッセイは、『オレンジページ』という雑誌で連載させていただいたものだ。この連載をはじめるにあたって、私はちょっと興奮していた。だって『オレンジページ』。

二十歳まで実家暮らしで、家事はすべて母親まかせ、米を研いだこともなく、豚バラ肉と豚ロース肉の違いはおろか、ほうれん草と小松菜の違いだってわからなかった私は、ひとり暮らしをはじめ、料理上手の恋人と別れ、ヨッシャ料理を覚えようと二十六歳のときに決意したわけだが、そのとき活用したのが、母親から譲り受けた分厚い料理本と雑誌『オレンジページ』だったのだ。『オレンジページ』の料理は写真がきれいで、作ろうという気にさせるばかりか、かんたんで、見栄《みば》えよく、万人に評判がよかった。

母校の家庭科教師よりよほど恩を感じる雑誌で、エッセイが書ける。なんとありがたくうれしいことだろう、と思った。

二週間に一度、しかもこんなに長い期間、エッセイを書いているのははじめてである。最初は、書くことなんかすぐになくなってしまうのではないかと思ったけれど、案外、続いている。もちろん身近なことを書き綴《つづ》っているのだから、まったくもってちいさなみみっちいことばかり描いているわけで、二年たっても四年たっても、加齢するだけで、人の器も所持する世界もけっして大きくなったりは、しないのだが。

ところで、二十六歳のころに買っていた『オレンジページ』の何冊かを、破りとらず雑誌ごと持っている。作ってみて、好きだったレシピが載っているものを保管してあるのだ。二十年近く前のそれらの雑誌を、おそろしいことに、未《いま》だに開いてはレシピを参考に料理を作っている。

レシピのほかに、この雑誌には読者のお便りコーナーがけっこうなスペースで、ある。リアルタイムでは流し読みしていたこのコーナー、ふと、じっくり読みかえしてしまう。子育てに奮闘している人がいる。お姑《しゅうとめ》さんと料理を通じて距離を縮めている人がいる。おっちょこちょいの新米ひとり暮らし女子が失敗談を披露している。老いた母との温泉旅行記をしみじみ書く女性がいる。新婚女性が夫の驚くべき癖を報告している。この人たち、今はどうしているだろう、とふと思う。赤ん坊はもう高校生くらいだろう。新米ひとり暮らし女子は、私と同じ、四十代か。みんなそれぞれ、この二十年近く、どう過ごしてきただろう。たのしいことばかりではなくて、いったいどうしたらいいのか、どう生きていけばいいのか、途方に暮れたこともあったろうし、ひとり、声を殺して泣いた日もあったろう。もちろん笑い転げたときも、飛び上がって声をあげてよろこんだときも、だれかを好きになってひとりにやにやが止まらなかったときも。それだけではない、圧倒的になんにもない、退屈という言葉すら大げさに思えるくらい凪《な》いだ一日も、いくつも過ごしてきただろう。この十数年、私がそうであったように。

そして私はかすかに確信する。いついかなるときも、かなしみにのみこまれているときも、恋に舞い上がっているときも、いいことも悪いことも自分にはもう起きないような気がするときも、みんな、ごはんをつくってきたんだろうなあ、と。自分のためや、ほかのだれかのために。私がそうであったように。

そう思うと、なんだかちょっと、うれしいのである。会ったこともない人たちをすごく身近に感じるのである。本があってよかったと、読書好きの私はつねづね思うが、料理をする人間でよかったよねと、見知らぬ彼女たちに言いたくなるのである。もしかしたらもうレシピ本を必要としていない彼女たちに。

ここに書き綴った、私のちいさくみみっちい毎日も、もっとずっとあとになって読みかえしたら、見知らぬ彼女たちの日々のように、またべつの意味が見えてくるかもしれない。

読んでくださったすべての方々、ずっと担当をしてくださっている志村祐子さん、そして単行本の装幀《そうてい》をしてくださった長年の友、池田進吾さんに、心からお礼を申し上げます。

角田光代

この作品は平成二十三年四月株式会社オレンジページより刊行された。

よなかの散《さん》歩《ぽ》

新潮文庫　か－38－9

平成二十六年三月一日発行
令和六年八月五日三刷

著者　角《かく》田《た》光《みつ》代《よ》
発行者　佐藤隆信
発行所　株式会社新潮社

郵便番号　一六二―八七一一
東京都新宿区矢来町七一
電話　編集部(〇三)三二六六―五四四〇
　　　読者係(〇三)三二六六―五一一一
https://www.shinchosha.co.jp

価格はカバーに表示してあります。

乱丁・落丁本は、ご面倒ですが小社読者係宛ご送付ください。送料小社負担にてお取替えいたします。

印刷・TOPPAN株式会社　製本・加藤製本株式会社

ISBN978-4-10-105829-0 C0195